ANIMALES FANTÁSTICOS
LOS SECRETOS DE DUMBLEDORE

EL GUIÓN COMPLETO

ANIMALES FANTÁSTICOS
LOS SECRETOS DE DUMBLEDORE

EL GUIÓN COMPLETO

Guión de

J. K. ROWLING & STEVE KLOVES

Basado en un guión de

J. K. ROWLING

Prólogo de

DAVID YATES

Con contenido de detrás de cámaras y comentarios de

DAVID HEYMAN, JUDE LAW, EDDIE REDMAYNE, COLLEEN ATWOOD Y MÁS

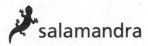

salamandra

El papel utilizado para la impresión de este libro ha sido fabricado a partir de madera procedente de bosques y plantaciones gestionadas con los más altos estándares ambientales, garantizando una explotación de los recursos sostenible con el medio ambiente y beneficiosa para las personas.

Los secretos de Dumbledore
El guión completo

Título original: *The Secrets of Dumbledore. The Complete Screenplay*

Primera edición en España: julio, 2022
Primera edición en México: julio, 2022

Publicado por primera vez en Gran Bretaña en 2022 por Scholastic Inc.

D. R. © 2022, J. K. Rowling, por el texto
D. R. © 2022, J. K. Rowling, por el diseño de portada

Guión de J. K. Rowling y Steve Kloves, basado en el guión de J.K. Rowling

Wizarding World is a trademark of Warner Bros. Entertainment Inc.
Wizarding World Publishing Rights © J.K. Rowling
Wizarding World characters, names and related indicia (including cover artwork) are TM and © Warner Bros. Entertainment Inc.
All rights reserved.

D. R. © 2022, Penguin Random House Grupo Editorial, S. A. U.
Travessera de Gràcia, 47-49, 08021, Barcelona

D. R. © 2022, derechos de edición mundiales en lengua castellana:
Penguin Random House Grupo Editorial, S. A. de C. V.
Blvd. Miguel de Cervantes Saavedra núm. 301, 1er piso,
colonia Granada, alcaldía Miguel Hidalgo, C. P. 11520,
Ciudad de México

penguinlibros.com

D. R. © 2022, Darío Zárate Figueroa, por la traducción de las acotaciones
Diseño del libro por Headcase Design @ 2022 J. K. Rowling

ISBN: 978-607-381-677-9

Impreso en México – *Printed in Mexico*

✳

PRÓLOGO

VOLVER a sumergirme en el mundo mágico de J. K. Rowling con *Los secretos de Dumbledore* fue emocionante en términos creativos y un reto en términos logísticos, puesto que la producción comenzó al mismo tiempo que la pandemia global y, la mayor parte del tiempo, trabajamos desde los Estudios Leavesden en Hertfordshire, Inglaterra. Fue ahí que Stuart Craig y el excepcional equipo de su Departamento de Arte, frustrados por las diversas restricciones de viaje debidas al covid-19, crearon versiones mágicas de Berlín, Bután y China en el lote trasero. Además, reconstruimos algunos de los escenarios más memorables de historias y películas anteriores del mundo mágico, entre ellos Cabeza de Puerco, la Sala de los Menesteres y el mismo Hogwarts.

El guión de Jo y Steve se desplaza con destreza entre lo viejo y lo nuevo, al tiempo que maneja una oportuna historia política con encanto y emoción. En el corazón de esta historia, uno de los personajes más memorables y entrañables de Jo, Albus Dumbledore, lidia con peligros presentes y remordimientos del pasado, mientras Newt Scamander encabeza una misión para impedir que Grindelwald se haga con el poder.

A lo largo de muchos meses, mientras el mundo caía en una extraña hibernación, trabajamos para llevar las palabras de Jo y Steve a la pantalla.

En *Los secretos de Dumbledore*, tiempos peligrosos favorecen a hombres peligrosos, pero la tenacidad y el coraje de Dumbledore, Newt y el grupo que reúnen para enfrentar al mago más letal en más de un siglo entrañan la promesa de que, al final, la luz y el amor prevalecerán, por difícil que sea la situación.

—DAVID YATES
21 DE MARZO DE 2022

Warner Bros. Pictures presenta

Una producción de Heyday Films

Una película de David Yates

ANIMALES FANTÁSTICOS:

LOS SECRETOS DE DUMBLEDORE

Dirigida por... David Yates

Guión de .... J. K. Rowling y Steve Kloves

Basada en un guión de... J. K. Rowling

Producida por...... David Heyman, p.g.a., J. K. Rowling, Steve Kloves, p.g.a., Lionel Wigram, p.g.a., Tim Lewis, p.g.a.

Productores ejecutivos............. Neil Blair, Danny Cohen, Josh Berger, Courtenay Valenti, Michael Sharp

Director de fotografía .... George Richmond, BSC

Diseñadores de producción . ,,,,.............. Stuart Craig, Neil Lamont

Editada por .... ,,,,..................... Mark Day

Diseñadora de vestuario .... Colleen Atwood

Música de... James Newton Howard

ELENCO

Newt Scamander... Eddie Redmayne

Albus Dumbledore .... Jude Law

Credence Barebone .... Ezra Miller

Jacob Kowalski ....Dan Fogler

Queenie Goldstein .... Alison Sudol

Theseus Scamander .... Callum Turner

Eulalie "Lally" Hicks .... Jessica Williams

Tina Goldstein .... Katherine Waterston

y

Gellert Grindelwald .... Mads Mikkelsen

1   INT. VAGÓN DE TREN, DÍA

HOMBRES y MUJERES están sentados en silencio bajo una luz titilante. La CÁMARA SE DESPLAZA lentamente y revela a un HOMBRE que está de pie, correa en mano, meciéndose suavemente con los movimientos del tren. Aunque su rostro está oculto a nuestra vista, su SOMBRERO, inclinado en un ángulo elegante, resulta familiar.

2   EXT. ESTACIÓN, MOMENTOS DESPUÉS, DÍA

El tren se detiene. Las puertas se abren. Los hombres y mujeres salen en tropel, entre ellos el hombre del sombrero.

3   EXT. PICCADILLY CIRCUS, MOMENTOS DESPUÉS, DÍA

El hombre del sombrero sale a la luz y se separa de los demás pasajeros. Mira a su alrededor un momento y sigue caminando.

4   INT. CAFÉ, DÍA

Mucha gente. Ruido. Una MESERA con CABELLO CORTO Y NEGRO atraviesa el campo visual y la seguimos, avanzando con ella, que se desplaza con elegancia hacia una mesa cerca del fondo del local, donde deposita una taza caliente ante el hombre del sombrero: DUMBLEDORE.

(*arriba*) BOCETO DE VESTUARIO DE ALBUS DUMBLEDORE

(*derecha*) EXPEDIENTE JUDICIAL DE ALBUS DUMBLEDORE

MINISTRY of MAGIC
DEPARTMENT of MAGICAL LAW ENFORCEMENT

FORM NO. 298/7I22DY

- Auror Office - Improper Use Of Magic - Hit Wizards -
- Wizengamot Administration Services -

DEPT. OF MAGICAL LAW ENFORCEMENT - CASE FILE

ALL WITCHES AND WIZARDS BEING INVESTIGATED BY THE DEPARTMENT OF MAGICAL LAW ENFORCEMENT UNDER THE JURISDICTION OF THE MINISTRY OF MAGIC ARE SUBJECT TO THE STRICTEST CONFIDENTIALITY, UNTIL OTHERWISE DEEMED NECESSARY BY THE MINISTER FOR MAGIC. THIS FILE IS CONFIDENTIAL AND INFORMATION APPERTAINING TO THIS CASE FILE MUST BE REPORTED BACK TO THE SUPERIOR MINISTERIAL EMPLOYEE OVER SEEING SAID INVESTIGATION.

CASE FILE NUMBER:

ALL INFORMATION REGARDING CASE FILES AND INVESTIGATIVE WORK UNDERTAKEN FOR THE DEPARTMENT OF MAGICAL LAW ENFORCEMENT IS STRICTLY CONFIDENTIAL.

| 0 | 0 | 0 | 8 | 1 | 9 | 1 | 7 | 7 | X |

NAME OF WITCH OR WIZARD: ALBUS PERCIVAL WULFRIC BRIAN DUMBLEDORE

NATIONALITY: BRITISH

PRESENT ADDRESS: HOGWARTS SCHOOL OF WITCHCRAFT AND WIZARDRY

DATE OF BIRTH: ✱6/✱/⊕ħ

PROFESSION OR OCCUPATION: PROFESSOR OF DEFENCE AGAINST THE DARK ARTS

INVESTIGATIVE NUMBER:
INVESTIGATIVE NUMBER MUST BE CONFIRMED BY SUPERIOR - AS MENTIONED IN ARTICLE 30

| 2 | X | 0 | 0 | 1 | 8 | ᚱ | ᚠ | ▷ |

PHOTO MUST BE RECENT

HEIGHT: 5' 11"
WEIGHT: 175 LBS
COLOUR OF HAIR: FAIR
COLOUR OF EYES: BLUE
COMPLEXION: FAIR

1 - R. THUMB   2 - R. MERCURY   3 - R. APOLLO   4 - R. SATURN   5 - R. JUPITER

APPLICANT'S RIGHT HAND FINGER PRINTS - ONLY USE ROYAL PURPLE INK

THE PERSONS MENTIONED BELOW ARE THE KNOWN MEMBERS OF SUBJECTS FAMILY:

SPOUSE: N/A ... BORN AT: (PLACE)

FATHER: PERCIVAL DUMBLEDORE ... BORN AT: XX (PLACE) ... XX (DAY) ... XX (MO/YR)

MOTHER: KENDRA DUMBLEDORE ... BORN AT: XX (PLACE) ... XX (DAY) ... XX (MO/YR)

SPECIAL PARTICULARS: DESCRIBE ANY MARKS OR SCARS XXX

KNOWN HISTORY OF SUBJECT (INCLUDING FAMILY HISTORY & EDUCATION)

KNOWN TO HAVE ATTENDED HOGWARTS SCHOOL OF
WITCHCRAFT AND WIZARDRY-, SORTED INTO GRYFFINDOR.
FATHER PERCIVAL DUMBLEDORE SENTENCED TO LIFE
IN AZKABAN FOR CRIMES AGAINST MUGGLES.
MOTHER AND SISTER, KENDRA AND ARIANA DECEASED
IN UNKNOWN CIRCUMSTANCES.
DURING ALBUS DUMBLEDORE'S TEENAGE YEARS, HE IS
KNOWN TO HAVE MET AND BEFRIENDED THE DARK
WIZARD GELLERT GRINDELWALD.

REASON FOR INVESTIGATION · TICK ALL APPROPRIATE OPTIONS

( ) **KNOWN ILLEGAL ACTIVITIES** ( ) **INFORMANT**
(X) **SUSPECTED ILLEGAL ACTIVITIES**
(X) **OTHER** KNOWN AFFILIATION WITH DARK WIZARD

SECURITY STATUS

CURRENTLY UNDER INVESTIGATION.

in dolemroi, at commodo mauris. Sed viverra tempus laoreet. Nam tempor pretium metus id tempus. Proin eleifend felis lorem, eget posuere diam. Praesent p ancus vulput ate. Praesent sit amet neque leo, ac bibendum ligula. Pellentesque vitae eros tellus. Ut et libero nisl. Integer iaculis euismod sem, et adipi molestie ut. Nuncultricies sem eu massa rhoncus accumsan. Curabitur sed scelerisque justo. Sed nulla ligula, pretium vitae tincidunt a, commodo quis sem. e habitant morbi tristique senectus et netus et malesuada fames ac turpis egestas. Proin ullamcorper rhoncus nisl vitae dictum. Aenean et pellen tesque s id posuere turpis. Curabitur sed velit nec sapien malesuada eleifend. Phasellus sollicitudin magna quis quam mattis vel porttitor mi adipiscing. Nulla fa sto tellus, ultrices eu dictum non, rutrum nec lacus. Aenean viverra fermentum mi, non bibendum libero laoreet vel. Mauris nulla lectus, porta vitae ornar e placerat odio. Vivamus quis tellus arcu, at malesuada risus. Nulla mauris leo, pulvinar sed auctor id, tempor nec turpis. Phasellus fringilla tinci dunda

MINISTRY AUTHORIZATION CODE

ᛉ ᛉ ᛉ ᚦ ᚦ ᛏ ᛏ ᛏ ᛚ ᛚ
ᚠ ᚦ ᚦ ᚠ ᚠ ᚠ ᚠ ᚠ ᚠ ᚠ

SIGNATURE OF SUPERIOR OFFICER   DATE

DUMBLEDORE

Gracias.

MESERA

¿Desea algo más?

DUMBLEDORE

No. Todavía no. Estoy esperando.

(Frunce el ceño)

Me encontraré con alguien.

La mesera asiente y se da la vuelta. Dumbledore la ve alejarse y luego mezcla un terrón de azúcar en su té, inclina la cabeza hacia atrás y cierra los ojos. Nos CONCENTRAMOS en él así, con la cara en reposo, por un largo rato, hasta que... una LUZ cae sobre su rostro.

Dumbledore abre los ojos y contempla al hombre que está de pie junto a su mesa: GRINDELWALD.

GRINDELWALD

¿Éste es uno de tus lugares habituales?

DUMBLEDORE

No tengo lugares habituales.

Grindelwald lo examina por un momento y luego se sienta en la silla frente a él.

GRINDELWALD

Déjame verlo.

Dumbledore lo mira fijamente; luego, despacio, saca una mano y revela el PACTO DE SANGRE. Mientras lo acuna en su mano, la cadena se desliza lentamente entre los dedos de Dumbledore, como si tuviera vida.

GRINDELWALD (CONTINÚA)

A veces siento que aún lo tengo en el cuello. Lo llevé durante tantos años. ¿Cómo se siente en ti?

DUMBLEDORE

Podríamos romper el hechizo.

Grindelwald ignora esto último y mira a su alrededor.

GRINDELWALD

A nuestros amigos muggles les encanta hablar, ¿cierto? Aunque tenemos que admitir que preparan muy buen té.

DUMBLEDORE

Esto es una locura.

GRINDELWALD

Es lo que dijimos que haríamos.

DUMBLEDORE

Era joven. Estaba...

GRINDELWALD

Comprometido. Conmigo. Con nosotros.

DUMBLEDORE

No. Me dejé llevar porque...

GRINDELWALD

¿Por qué?

DUMBLEDORE

Porque estaba enamorado de ti.

Se miran a los ojos, y luego Dumbledore aparta la mirada.

GRINDELWALD

Sí. Pero no por eso te dejaste llevar. Fuiste
tú quien dijo que podríamos cambiar el
mundo. Que era nuestro derecho natural.

Grindelwald se reclina, con los ojos entrecerrados. INHALA.

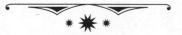
GRINDELWALD (CONTINÚA)

¿Puedes olerla? La peste. ¿De verdad le
darás la espalda a tu propia especie? ¿Por
estos animales?

*Los ojos de Dumbledore se mueven y se encuentran con la mirada
acerada de Grindelwald.*

GRINDELWALD (CONTINÚA)

Destruiré su mundo contigo o sin ti,
Albus. No puedes hacer nada para
detenerme. Disfruta tu taza de té.

*Mientras Grindelwald se retira, un MURMULLO SORDO comienza.
Dumbledore mira su copa de té y la ve TEMBLAR ligeramente
sobre la dura superficie de la mesa. Conforme el líquido de la taza
se ESTREMECE, Dumbledore parece perderse en él.*

*Pasamos a ver llamas y la cámara se queda fija un momento,
hasta que estamos en…*

5   INT. CUARTO DE DUMBLEDORE, HOGWARTS, POR LA MAÑANA

*Encontramos a Dumbledore de pie ante su ventana, con los ojos
cerrados. Conforme la cámara lo enfoca lentamente, abre los ojos,
y estamos de vuelta en el presente.*

Sujeta el pacto de sangre, con la cadena enredada en la muñeca.

CUANDO eran adolescentes, Dumbledore y Grindelwald urdieron un plan para tomar el control del mundo mágico y más allá, plan que ahora Grindelwald intenta llevar a cabo. Pero Dumbledore ha cambiado. Comprende los errores que ha cometido y está haciendo su mejor esfuerzo por rectificarlos. Eso me parece muy potente: todos hemos cometido errores en nuestras vidas, y, sin importar quiénes seamos, tenemos que reconocer esos errores, aprender de ellos y seguir adelante.

—DAVID HEYMAN
(Productor)

6   EXT. LAGO, MONTES TIANZI, MISMA HORA, NOCHE

Un vasto y hermoso paisaje. Bajo una luna baja, pilares de piedra caliza se alzan majestuosos desde el agua, a la sombra de una MONTAÑA: el Ojo de Ángel.

NEWT atraviesa el lago, remando.

7   EXT. MONTES TIANZI, MOMENTOS DESPUÉS, NOCHE

Unos pies se posan delicadamente en tierra, dejando atrás el bote que se bambolea, y vemos a NEWT SCAMANDER.

Lagos y afluentes van quedando atrás conforme comienza su ascenso por el bosque de bambú.

El grito distante de un animal resuena, provocativo, por todo el paisaje. Newt escucha un momento. PICKETT, posado en el hombro de Newt, también escucha.

NEWT
(Susurra)

Está lista.

BOCETOS DE VESTUARIO DE NEWT SCAMANDER

POR fin vemos a Newt cuando está mejor y más feliz, que es en la naturaleza, rastreando criaturas. En este caso, se trata de una hermosa y extraordinaria criatura llamada Qilin, que es mítica en el mundo mágico. Una de las cosas que siempre me ha encantado de Newt es que existe una especie de anomalía entre su carácter físico y su ligera torpeza social, mezclados con su destreza y agilidad en la naturaleza. Así que me emocioné cuando leí por primera vez el guión, y este momento casi de Indiana Jones al principio de la película, porque es Newt cuando está más a gusto.

—EDDIE REDMAYNE

(Newt Scamander)

8   EXT. HUECO, MONTES TIANZI, MOMENTOS DESPUÉS, NOCHE

Newt avanza con rapidez, pero con cautela, hacia la boca de una gran cueva parecida a una catedral. Cuando se acerca, algo se mueve en el interior, medio oculto entre sombras.

9   EXT. HUECO, MONTES TIANZI, MOMENTOS DESPUÉS, NOCHE

Newt extiende la mano con ternura para acariciar el lomo del animal que rueda suavemente, y vemos que es un QILIN: parte dragón y parte caballo, poderoso pero con cierta dulzura. El animal respira agitadamente y su piel se crispa y se sacude, cubierta de insectos, polvo y pedazos de la selva.

Suelta otro grito.

Una LUZ DORADA comienza a inundar el suelo bajo el animal. Newt sonríe, fascinado. Despacio, escurriéndose bajo la madre, aparece un QILIN BEBÉ, hermoso y frágil, parpadeando a ciegas. OLFATEA curioso y BALA débilmente; su cuerpo emite una LUZ DORADA y pulsátil, iluminando por un momento las caras de Newt y Pickett, que lo observan.

Newt da un paso atrás y observa cómo la madre Qilin limpia a su bebé a lengüetazos mientras éste tiembla y avanza a trompicones.

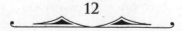

NEWT
(intercambia una mirada con Pickett)

Qué belleza.

(pausa)

Muy bien, ustedes dos. Ahora, la parte
complicada.

*Newt busca su maleta y la abre un poco. Vemos una foto de TINA
fija al interior de la tapa.*

*Por entre el denso matorral se aproximan unas figuras; sacan
sus varitas…*

*… los ACÓLITOS ROSIER y CARROW se acercan, mirando con
codicia al Qilin bebé.*

*Con un ZUMBIDO, Rosier y Carrow levantan sus varitas y lanzan
HECHIZOS que despellejan a la madre Qilin. Ésta se bambolea
aturdida, BRAMANDO hacia la noche; luego, sus patas la traicio-
nan, y se desploma.*

EN MEDIO DEL ATAQUE:

*Newt lanza un hechizo defensivo que despliega un escudo, pero es
demasiado tarde.*

*Vemos una FIGURA OSCURA que emerge entre los otros acólitos:
CREDENCE, que luce mayor, más seguro de sí, y penetra el escudo
de Newt con su varita.*

EN comparación con Harry Potter o muchos otros héroes del mundo mágico, Newt no está escrito como el mejor mago o el más poderoso, pero tiene su propia facilidad para la magia. Así que en esta pelea, en vez de hechizos de duelo, Newt utiliza cosas más orgánicas, formando remolinos o escudos con hojas, por ejemplo. Su magia podrá no ser la más impresionante, pero se siente específica de él como personaje.

—EDDIE REDMAYNE
(Newt Scamander)

Newt apunta a su maleta con su varita.

NEWT (CONTINÚA)

¡Accio!

La maleta vuela hacia su mano.

Credence rompe el escudo mientras Newt se lanza por la boca del agujero y cae por una traicionera pendiente mientras salta, trastabilla y tropieza entre el matorral.

El ESTALLIDO de un hechizo a sus espaldas reduce el BAMBÚ que lo rodea a astillas y LE ARREBATA la maleta de las manos.

Adelante, vemos al Qilin bebé de pie entre el matorral, asustado y frágil.

Newt aprieta el paso, MIRA AL FRENTE Y VE...

... unas patas que salen de la MALETA mientras ésta rebota cuesta abajo, y la encaminan de vuelta a él.

Carrow se lanza hacia Newt, con las manos extendidas para atrapar al Qilin bebé. Newt contraataca y la lanza volando hacia atrás.

¡TRAC! Otro HECHIZO pasa silbando sobre la cabeza de Newt justo cuando se agacha, rodea al Qilin bebé con el brazo y lo

levanta, y en ese momento otro hechizo LO ALCANZA, lo tira del TERRENO ALTO y lo lanza volando CUESTA ABAJO.

VISTO DESDE ABAJO, el cuerpo de Newt se sumerge en aguas arre-molinadas.

En la superficie espumante, la cabeza de Pickett asoma; va nadando paralelo a la orilla, PREOCUPADO al ver el cuerpo inconsciente de Newt que flota y se detiene en el margen opuesto.

TOMA AMPLIA...

... para revelar que estamos en la base de una serie de hermosas caluratas que caen desde el Ojo de Ángel.

Por un momento, Newt yace en un estado de ensoñación, parpa-deando hacia el cielo. Por fin, levanta la cabeza.

PUNTO DE VISTA DE NEWT

... ZABINI sujeta un costal mientras Rosier extiende los brazos, recoge al Qilin bebé y lo lanza al costal con rudeza. ¡PUM! En un instante, han desaparecido.

Newt se incorpora.

CORTE A:

… Newt regresa trastabillando al agujero, con la maleta bajo un brazo. Llega a lo más alto del agujero. La madre Qilin yace entre sombras, inmóvil. Newt se desploma contra el cuerpo inerte de la madre Qilin. Jadea adolorido.

NEWT (CONTINÚA)

Lo siento mucho.

Newt mira hacia arriba con los ojos entrecerrados, contemplando el cielo vacío. Los párpados le pesan… el sueño lo llama… respira con más estabilidad… y entonces:

Su cara se ILUMINA con una luz suave.

Se da la vuelta y examina a la madre Qilin, observando cómo la carne en torno a su ojo SE CRISPA y…

… un BALIDO SUAVE COMO UN MURMULLO rompe el silencio. Mientras la LUZ a sus espaldas BRILLA CON MÁS INTENSIDAD, Newt se da la vuelta y mira cómo…

… un SEGUNDO QILIN BEBÉ sale retorciéndose. Al liberarse, mira a su alrededor con incertidumbre y se topa con los ojos de Newt. Newt sonríe y el Qilin avanza contoneándose hasta sus brazos. Newt se vuelve hacia la madre… y se detiene.

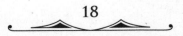

NEWT (CONTINÚA)
Mellizos. Tuviste mellizos.

Ante la mirada de Newt, una LÁGRIMA escurre del ojo de la madre Qilin, y su PUPILA SE DILATA. Newt pone cara seria. Rueda y se apoya en el cuerpo sin vida de la madre.

Lentamente, Pickett asoma la cabeza desde el bolsillo de Newt y mira asombrado al bebé Qilin.

Newt asiente en dirección de la maleta. Pickett da un salto, se detiene sobre uno de los pestillos y mira a Newt en busca de orientación.

Aún sujetando al Qilin, Newt abre un pestillo mientras Pickett abre el otro.

TEDDY saca la cabeza, mira a Newt, y luego al Qilin bebé.

Desde las profundidades, en el fondo de la maleta, seguimos las patas de un WYVERN que asciende hacia el cielo, pasando junto a la foto de TINA GOLDSTEIN pegada al interior de la tapa, y luego junto a Teddy, antes de SALIR de la maleta hacia el Ojo de Ángel.

El cuerpo del Wyvern comienza a expandirse ante nosotros, por arte de magia y con hermosura. Con sus últimas fuerzas, Newt acerca el Qilin a su cuerpo y lo envuelve entre los pliegues de su abrigo. El Qilin, tembloroso, bala en sus brazos.

La cola del Wyvern envuelve a Newt y lo levanta suavemente en el aire junto con el Qilin bebé.

El Wyvern asciende hacia el cielo, y sus majestuosas alas se expanden con gracia mientras carga a Newt y al Qilin bebé sobre las enormes cataratas y hacia el horizonte, que comienza a iluminarse con las primeras luces del alba.

APARECE EL TÍTULO:

LOS SECRETOS DE DUMBLEDORE

10 EXT. ENTRADA/PATIO DEL CASTILLO, NURMENGARD, POR LA MAÑANA

Nos DESPLAZAMOS y vemos cómo Grindelwald sale del castillo mientras los Acólitos aparecen al fondo del patio.

Credence se separa de los otros.

Los ojos de Grindelwald están fijos en el costal que Credence tiene en la mano. Rosier deambula alrededor, en silencio, vigilando. Grindelwald da un paso al frente.

GRINDELWALD

Retírense.

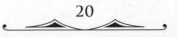

MAQUETA DEL CASTILLO DE
NURMENGARD

Los acólitos se retiran sin una palabra. Uno o dos miran atrás, conscientes de que ahora Credence es el favorito. Ya a solas con Credence, Grindelwald asiente en dirección del costal.

> GRINDELWALD (CONTINÚA)
> Déjame ver.

Grindelwald saca el Qilin y mira fijamente a sus ojos húmedos. De la nariz del Qilin escurre MOCO.

> CREDENCE
> Los demás. Dijeron que era especial.

> GRINDELWALD
> Es más que especial. ¿Lo ves? ¿Ves sus ojos? Esos ojos lo ven todo. Al nacer una Qilin, surgirá un líder justo que cambiará nuestro mundo para siempre. Su nacimiento traerá muchos cambios, Credence.

Credence mira al Qilin, perplejo.

> GRINDELWALD (CONTINÚA)
> Hiciste lo correcto.

Grindelwald pone la mano en la mejilla de Credence. Credence cubre la mano de Grindelwald con la suya, vacilante, como si no estuviera familiarizado con un contacto tan íntimo.

GRINDELWALD (CONTINÚA)
Vete. Descansa.

11 INT. SALÓN PRINCIPAL, AL MISMO TIEMPO, POR LA MAÑANA

QUEENIE mira cómo Credence se pierde de vista, y luego dirige su atención a Grindelwald, que deposita suavemente el Qilin sobre los adoquines, contemplándolo con evidente fascinación.

Grindelwald extiende los brazos y lo ayuda a ponerse en pie, y luego se coloca frente a él. Por un momento no pasa nada. Luego, lentamente, el Qilin levanta la cabeza y su mirada cansada se encuentra con la mirada expectante de Grindelwald. Y entonces...

... el Qilin se da la vuelta. El gesto de Grindelwald se endurece. Levanta al Qilin y lo acuna en sus brazos. Mete la mano en su bolsillo, y algo DESTELLA un instante cuando saca la mano. El brazo de Grindelwald se alza y...

... la sangre salpica los adoquines y el cuchillo reluciente en la mano de Grindelwald se enrojece. Queenie inhala estremecida, de manera casi inaudible.

Una VISIÓN aparece en el charco de sangre: DOS FIGURAS vistas desde lo alto, CAMINANDO en la nieve.

CORTE A:

MAQUETA DE HOGSMEADE

12 EXT. HOGSMEADE, DÍA

Newt y THESEUS avanzan trabajosamente entre la nieve y pasan junto a unos CARTELES MALTRECHOS de GRINDELWALD: ¿HA VISTO A ESTE MAGO?

> **THESEUS**
> Supongo que no querrás decirme de qué se trata, ¿verdad?

> **NEWT**
> Sólo pidió que nos viéramos y que me asegurara de traerte.

> **THESEUS**
> Muy bien.

13 INT. CABEZA DE PUERCO, MOMENTOS DESPUÉS, DÍA

El barbudo propietario (ABERFORTH DUMBLEDORE) pasa un trapo sucio por el ESPEJO detrás de la barra, y su mirada suspicaz se desplaza cuando Newt y Theseus, en el REFLEJO, entran. Mientras ellos miran el sórdido entorno, él sigue limpiando.

> **ABERFORTH**
> Supongo que vienen a ver a mi hermano.

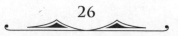

Newt da un paso al frente.

NEWT

No, señor. Estamos aquí para ver a Albus
Dumbledore.

Aberforth los mira una vez más en el espejo, y se da la vuelta.

ABERFORTH

Es mi hermano.

NEWT

Lo siento. Claro. Soy Newt Scamander, y
él es Theseus...

Mientras Newt le tiende la mano, Aberforth se da la vuelta.

ABERFORTH

Subiendo las escaleras,
la primera puerta a la izquierda.

*Newt se queda un momento de pie con la mano extendida;
luego asiente y se gira hacia Theseus, que alza las cejas.*

MAQUETA DE CABEZA DE PUERCO

14 INT. CUARTO DE ARRIBA, CABEZA DE PUERCO, CONTINUO, DÍA

DUMBLEDORE
¿Newt te dijo por qué estás aquí?

THESEUS
¿Debía decírmelo?

Dumbledore mira a Theseus, notando el ligero reto en su tono de voz.

DUMBLEDORE
No. En realidad, no.

Los ojos de Theseus se dirigen a Newt, que se esfuerza por sostenerle la mirada.

NEWT
Hay algo que queremos… que Dumbledore
quiere hablar contigo. Es una propuesta.

Theseus observa a su hermano y luego a Dumbledore.

THESEUS
Muy bien.

Dumbledore, que ha atravesado la habitación, toma el PACTO DE SANGRE de una mesa y lo deja colgar de su mano a la luz del fuego.

DUMBLEDORE siempre ha sido un enigma. Tiene cierta chispa, una especie de cualidad juguetona mientras lidia con asuntos ridículamente graves. Pero también hay una especie de conexión como de padre e hijo, o de maestro y aprendiz, entre Dumbledore y Newt. En las películas anteriores, Dumbledore ha enviado a Newt a hacer su trabajo sucio. En esta película empieza a dejarlo entrar.

—EDDIE REDMAYNE

(Newt Scamander)

DUMBLEDORE
Creo que ya sabes qué es esto.

THESEUS
Newt lo tenía en París. No tengo mucha
experiencia en eso… pero creo que es un
pacto de sangre.

DUMBLEDORE
Así es.

THESEUS
¿Y de quién es la sangre?

DUMBLEDORE
Mía.
(breve pausa)
Y de Grindelwald.

THESEUS
¿Por eso no puedes luchar contra él?

DUMBLEDORE
Sí. Ni él contra mí.

*Theseus asiente, mirando el pacto y observando cómo las gotas
de sangre se rodean mutuamente en círculos, como los pesos en
un reloj.*

THESEUS

¿Puedo preguntar por qué hiciste algo
así?

DUMBLEDORE

Por amor. Arrogancia. Ingenuidad. Elige
tu veneno. Éramos jóvenes, queríamos
cambiar el mundo. Esto garantizaba que
lo haríamos, incluso si alguno cambiaba
de opinión.

THESEUS

¿Y qué pasaría si tuvieras que pelear
contra él?

*Newt mira a Dumbledore, expectante, pero él está en silencio,
mirando fijamente el pacto.*

DUMBLEDORE

Debes admitir que es precioso. Si siquiera
pensara en desafiarlo...

*El pacto de sangre destella en rojo y sale volando, rebota contra
el piso y hacia la pared. Cuando Dumbledore saca su varita y
apunta, la cadena del pacto, aún sujeta a su brazo, se aprieta
y se entierra en su carne.*

Es un momento interesante en la vida de Dumbledore: el hombre que todos llegamos a amar en las películas de Harry Potter aún no se ha formado por completo, de modo que vemos a un Albus que atraviesa grandes decisiones y situaciones emocionales que le cambian la vida, y todo eso lo lleva a convertirse en el muy amado y sabio director Albus Dumbledore en años posteriores. Así que lo vemos enfrentando su pasado, enfrentando a viejos amigos, a viejos enemigos, y también enfrentándose a sí mismo.

—JUDE LAW
(*Albus Dumbledore*)

Ante la mirada de Newt y Theseus, Dumbledore comienza a acercarse al pacto, que se retrae contra la pared, y una extraña sonrisa surge en su rostro, como si estuviera cautivado por el pacto.

> DUMBLEDORE (CONTINÚA)
> Lo sabría, mira.

Dumbledore mira al frente, embelesado. La cadena hace que las venas de su mano se hinchen monstruosamente. Hace una mueca de dolor y la varita se le cae de los dedos.

> DUMBLEDORE (CONTINÚA)
> Siente la traición en mi corazón...

La mirada de Newt se dirige a las GOTAS de SANGRE, que ahora describen círculos más frenéticos en el interior del pacto.

Dumbledore sigue mirando al pacto, que se sacude con más violencia contra la pared, y la cadena serpentea lentamente por su garganta, rodeando su cuello...

> NEWT
> Albus.

... se aprieta más, y luego más...

> NEWT (CONTINÚA)
> Albus.

.... se le ponen los ojos en blanco...

NEWT (CONTINÚA)

¡Albus!

El pacto de sangre cae al piso y vuelve a la mano de Dumbledore; la cadena baja de su cuello y se reúne con el pacto, su huésped. Poco a poco, la cadena se afloja y Dumbledore jadea, como si por fin se acordara de respirar. Abre la mano. En su palma, el pacto se estremece un momento y luego se queda inmóvil.

DUMBLEDORE

Esto no es nada. Es magia juvenil, pero
como puedes ver, es muy poderosa.
No puede deshacerse.

THESEUS

La propuesta... ¿supongo que la Qilin
tiene algo que ver?

Los ojos de Dumbledore se dirigen a Newt.

NEWT

Prometió que no se lo dirá a nadie.

Dumbledore se vuelve hacia Theseus y responde su pregunta.

DUMBLEDORE
Si lo derrotáramos, la Qilin es sólo una
parte. El mundo, tal como lo conocemos,
se está desmoronando. Gellert lo está
destruyendo con odio, con intolerancia.
Lo que hoy parece inimaginable mañana
parecerá inevitable si no lo detenemos.
Si aceptas hacer lo que te pido, tendrás
que confiar en mí. Incluso cuando tu
instinto te diga que no lo hagas.

Theseus mira un momento a Newt. Finalmente, mira una vez
más a los ojos de Dumbledore.

THESEUS
Soy todo oídos.

15 INT. CUARTO DE CREDENCE, NURMENGARD, DÍA

La cara de Credence entra a cuadro. Mira sus propios ojos en el
cristal, y luego alza una mano. Ante su mirada, una mosca sube
por su brazo. La observa, absorto, y luego sus ojos cambian.

Queenie está de pie en el umbral.

CREDENCE
¿Te envió a espiarme?

BOCETO DE VESTUARIO DE QUEENIE GOLDSTEIN

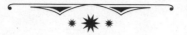

QUEENIE

No. Pero hace preguntas. Sobre lo que
piensas y sientes.

CREDENCE

¿Y de los otros? ¿Pregunta sobre lo que
piensan y sienten?

QUEENIE

Sí, pero sobre todo de ti.

CREDENCE

¿Y se lo dices?

*Ella comienza a responder, y luego vacila. Mientras las venas
de su mano vuelven a la normalidad, Credence se da la vuelta
y mira directamente a Queenie por primera vez.*

CREDENCE

Lo haces.

Sonríe, pero hay algo inquietante en su sonrisa.

CREDENCE (CONTINÚA)

¿Ahora quién lee la mente de quién?
(su sonrisa se desvanece)
Dime qué ves.

Ella lo mira un momento y dice:

QUEENIE

Eres un Dumbledore. Es una familia
importante. Lo sabes porque él te lo dijo.
También te dijo que te abandonaron.
Que eras un secreto vergonzoso.
Dice que un Dumbledore también
lo abandonó y entiende cómo te sientes.
Y por eso… te pidió que lo mates.

La sonrisa de Credence se amarga.

CREDENCE

Quiero que te vayas, Queenie.

Ella asiente, se dirige a la salida y luego, en la puerta, se detiene.

QUEENIE

No se lo digo. No siempre. No todo.

Se retira y cierra la puerta en silencio. Credence está de pie, inmóvil por un momento, y luego el espejo llama su atención. Lentamente, como trazadas por una mano invisible, unas LETRAS comienzan a MATERIALIZARSE en la SUPERFICIE del cristal.

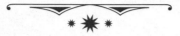

PERDÓNAME.

Credence no luce sorprendido. Da un paso al frente, levanta la mano… y limpia el espejo.

16 EXT. PANADERÍA DE KOWALSKI, LOWER EAST SIDE, ANTES DEL ALBA

Un maltrecho postigo metálico se alza con un TRAQUETEO y revela la figura triste y solitaria de JACOB KOWALSKI, de pie en el frío del exterior. Mira hacia el interior, con desolación.

17 INT. PANADERÍA DE KOWALSKI, ANTES DEL ALBA

Toma una BROCHA DE CERDAS y, avanzando hacia la ventana del frente, comienza a barrer las migajas del día anterior, ahuyentando a una que otra CUCARACHA.

18 INT. TRASTIENDA, PANADERÍA DE KOWALSKI, MOMENTOS DESPUÉS, ANTES DEL ALBA

ACERCAMIENTO: PASTEL DE BODAS

Un manto de betún blanco. Un ALTAR hecho de hilo de azúcar. Y dos FIGURILLAS DIMINUTAS: una NOVIA, de pie ante el altar. El NOVIO, tirado de bruces en un derrumbe de betún.

Jacob recoge al novio con delicadeza cuando ¡BRINNNG!, suena el timbre de la panadería. Vuelve a colocar al novio sobre el betún.

19 INT. PANADERÍA DE KOWALSKI, MOMENTOS DESPUÉS, ANTES DEL ALBA

Jacob sale, mandil al hombro, y se detiene en seco.

> JACOB
>
> Disculpe, está…

Una MUJER está mirando hacia el escaparate de pastelillos más lejano.

> JACOB (CONTINÚA)
>
> Queenie.

La mujer se da la vuelta y sonríe. Queenie.

> QUEENIE
>
> Hola, cariño.

Jacob se acerca.

> QUEENIE (CONTINÚA)
>
> Cielo, mira tu panadería. Es como un
> pueblo fantasma.

BOCETO DE VESTUARIO DE JACOB KOWALSKI

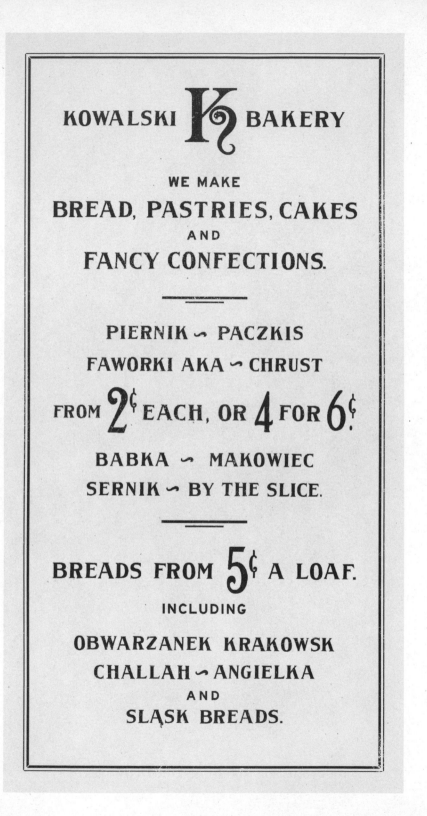

No 0022

KOWALSKI BAKERY

443 RIVINGTON STREET. N.Y.

BREAD, PASTRIES, CAKES
AND FANCY CONFECTIONS.

WE DELIVER ～ ASK IN STORE.

M _____

DATE _____ 192 ___

SALESMAN _____

SIGNED _____

THANK YOU FOR YOUR CUSTOM.

(*arriba*) RECIBO DE LA PANADERÍA KOWALSKI

(*izquierda*) LISTA DE PRECIOS DE LA PANADERÍA KOWALSKI

JACOB
Sí, me has hecho falta.

Los ojos de Jacob se humedecen.

QUEENIE
Ay, amor. Dame un abrazo. Ven aquí.

Ella lo envuelve en sus brazos. Él cierra los ojos.

QUEENIE (CONTINÚA)
Tranquilo. Todo estará bien. Todo va a
estar muy bien.

NUEVO ÁNGULO: JACOB ABRAZÁNDOSE A SÍ MISMO EN LA TIENDA VACÍA

Abre los ojos. Mira sus brazos vacíos. Suspira. Por la ventana frontal sucia atisba a una joven tímida (LALLY HICKS) sentada en la parada de autobús al otro lado de la calle.

20 EXT. PARADA DE AUTOBÚS, LOWER EAST SIDE, CONTINUO, ANTES DEL ALBA

Lally comienza a leer. En las cercanías vemos a TRES OBREROS que se acercan.

Uno de los hombres se separa de los otros.

OBRERO 1

Hola, preciosa, ¿qué te trae por aquí?

Lally sigue leyendo su libro.

LALLY

Se ve que no pensaste mucho en qué decir.

El hombre se sorprende un poco por la actitud de Lally, que sigue absorta con el libro en su regazo.

OBRERO 1

¿Prefieres que te asuste? ¿Eso quieres?

El obrero espera mientras Lully lo examina con actitud solemne. Finalmente:

LALLY

Ya lo sabes, pero no eres lo suficientemente intimidante.

OBRERO 1

Creo que soy bastante intimidante. ¿No soy intimidante?

El hombre se vuelve hacia sus dos compinches, que parecen vacilantes.

LALLY

Tal vez si movieras los brazos como loco,
te verías más intimidante.

*Mientras el obrero continúa gesticulando como loco, Lally
se inclina un poco hacia la izquierda y mira al otro lado de
la calle.*

LALLY (CONTINÚA)

Muy bien. Un poco más.

21 INT. PANADERÍA DE KOWALSKI, CONTINUO, ANTES DEL ALBA

*Jacob entrecierra los ojos, mirando cómo el obrero, de pie ante
Lally, comienza a agitar los brazos.*

22 EXT. PARADA DE AUTOBÚS, LOWER EAST SIDE, CONTINUO,
ANTES DEL ALBA

LALLY

Un poco más. Sigue así. Perfecto. Tres,
dos, uno.

JACOB (FUERA DE CUADRO)

¡Oye!

Jacob sale de la panadería entre una nube de harina Colonial Girl, GOLPEANDO la SARTÉN con una CUCHARA DE METAL mientras cruza la calle a zancadas. Los tres obreros se apartan de Lally y avanzan hacia Jacob.

> JACOB (CONTINÚA)
> Suficiente. Fuera de aquí.

> OBRERO 1
> ¿Qué vas a hacer, panadero?

> JACOB
> No puede ser. Debería darles verguenza.

Lully observa con cautela mientras los tres hombres rodean a Jacob; no les quita los ojos de encima.

> JACOB (CONTINÚA)
> Te diré algo, golpéame primero. Vamos.

> OBRERO 1
> ¿Seguro?

¡BANG!

El primer obrero cae al suelo. Jacob se paraliza. Segundos después, la SARTÉN cae al suelo con estrépito, al soltarla Jacob.

El primer obrero se incorpora en posición sedente y se frota el cuello.

OBRERO 1

Cielos. Es la última vez que ayudo a esa
mujer. ¡Lally!

Lally toca su cabello corto con su varita y, en rápida sucesión, su lustroso cabello se libera, los anteojos desaparecen, y su vestido zarrapastroso y su camisa de cuello tieso se transforman en unos elegantes pantalones y una blusa suave y vaporosa.

LALLY

Lo siento, Frank. A veces olvido la fuerza
que tengo. Yo me encargo. ¡Gracias!

OBRERO 3

De nada.

OBRERO 2

Nos vemos, Lally.

LALLY

Adiós, Stanley. Nos vemos pronto para
jugar Befuddler Dudley.

OBRERO 2

Muy bien.

LALLY

Es mi primo Stanley. Es mago.

Al instante, Jacob recoge la sartén y comienza a retroceder, negando con la cabeza.

JACOB

No.

LALLY

¡Por favor! Es temprano, no quiero rogarle.

JACOB

Dije que ya no lo haría.

LALLY

Vamos, señor Kowalski.

Jacob entra a la panadería.

JACOB

Increíble que mi terapeuta diga que los magos no existen. ¡Qué desperdicio de dinero!

Lally aparece por arte de magia de pie frente a él en el interior de la panadería, mascando un bollo de canela.

LALLY

Sabe que soy bruja, ¿verdad?

JACOB

Sí. Mire, parece una bruja muy agradable.
Pero no sabe lo que he sufrido por culpa
de los suyos. ¿Podría salir de mi vida, por
favor?

Jacob abre la puerta y le hace señas a Lally para que se vaya. Cuando ella sigue hablando, él sale de la tienda, aún cargando la sartén. Lally lo sigue.

LALLY

(en un monólogo largo)

Hace poco más de un año, con la
esperanza de obtener un préstamo,
acudió al Banco Nacional de Steen
ubicado a unas seis cuadras de aquí.
Y conoció a Newt Scamander, el más
famoso, aunque es el único, magizoólogo
del mundo. Y aprendió de un mundo del
que antes no sabía mucho. Conoció y se
enamoró de la bruja Queenie Goldstein,
le borraron la memoria con un embrujo

desmemorizador, pero no funcionó.
Por eso se reencontró con la señorita
Goldstein, quien tras su negativa de
casarse con ella decidió aliarse con
Gellert Grindelwald y su oscuro ejército
de seguidores, quienes representan la
mayor amenaza para nuestro mundo y el
suyo en siglos. ¿Qué tal lo hice?

Jacob se sienta y mira al frente.

JACOB

Bien. Excepto por lo de Queenie aliándose
con el lado oscuro. O sea, sí, está chiflada.
Pero tiene un corazón más grande que toda
esta loca isla y es muy inteligente, ¿sabe?
Sabe leer la mente, ella es... ¿Cómo se dice?

LALLY

Legeremante.

JACOB

Sí.

*Jacob suspira y comienza a caminar hacia la panadería. Al
cabo de un momento, se vuelve hacia Lally.*

JACOB

Mire. ¿La ve? ¿Ve la sartén?

(sostiene la sartén)

Éste soy yo, la sartén. Todo abollado, del
montón. Sólo soy un idiota. No sé qué
ideas locas tiene en la cabeza, señora,
pero estoy seguro de que puede hacerlo
mejor que yo. Adiós.

*Jacob se da la vuelta y renquea despacio hacia la débil luz de
la panadería.*

LALLY

No creo que podamos, señor Kowalski.

Él se detiene, pero no se da la vuelta.

LALLY (CONTINÚA)

Pudo haberse escondido debajo del
mostrador, pero no lo hizo. Pudo haber
mirado hacia otro lado, pero no lo hizo.
De hecho, se arriesgó para salvar a una
perfecta desconocida. Creo que es el
tipo común y corriente que el mundo
necesita. Pero usted no lo sabe todavía.
Por eso tenía que demostrárselo.

(una pausa)

Lo necesitamos, señor Kowalski.

Jacob mira el pastel de bodas en la panadería y se decide. Se vuelve haca Lally.

JACOB

Está bien. Llámame Jacob.

LALLY

Llámame Lally.

JACOB

Lally. Tengo que cerrar.

Lally agita su varita. La puerta se cierra, las luces se apagan, y los postigos caen sobre la panadería. La ropa de Jacob se transforma.

JACOB (CONTINÚA)

Gracias.

LALLY

Mucho mejor, Jacob.

Lally deja que el libro caiga de entre sus dedos. El libro, aleteando con sus tapas, revolotea en el aire, y las páginas comienzan a dar vuelta.

Al extender Lally la mano, las páginas pasan cada vez más rápido y luego estallan y salen de la encuadernación, dispersándose en el aire como un caleidoscopio de mariposas.

LALLY (CONTINÚA)

Creo que ya sabes cómo funciona, Jacob.

Al tocarse sus manos, el huracán de páginas desciende, los envuelve y ¡SWOOSH!, se DESVANECEN. Segundos después, las páginas vuelven revoloteando al libro encuadernado.

Segundos después de eso... sólo quedan unas cuantas páginas sueltas que caen flotando al piso.

23 EXT. CAMPIÑA ALEMANA, DÍA

El TREN avanza por la campiña de Brandeburgo. La cámara se enfoca en el último VAGÓN del tren.

24 INT. VAGÓN MÁGICO, DÍA

YUSUF KAMA está de pie junto a la ventana, mirando pasar la campiña nevada. Newt y Theseus están junto a una CHIMENEA ENCENDIDA. Theseus tiene un ejemplar del Diario El Profeta *en la mano. En el periódico vemos:*

ESPECIAL DE ELECCIONES

¿Quién triunfará? ¿Liu o Santos?

Directamente debajo, un par de FOTOGRAFÍAS muestran a los CANDIDATOS: LIU TAO y VICÊNCIA SANTOS.

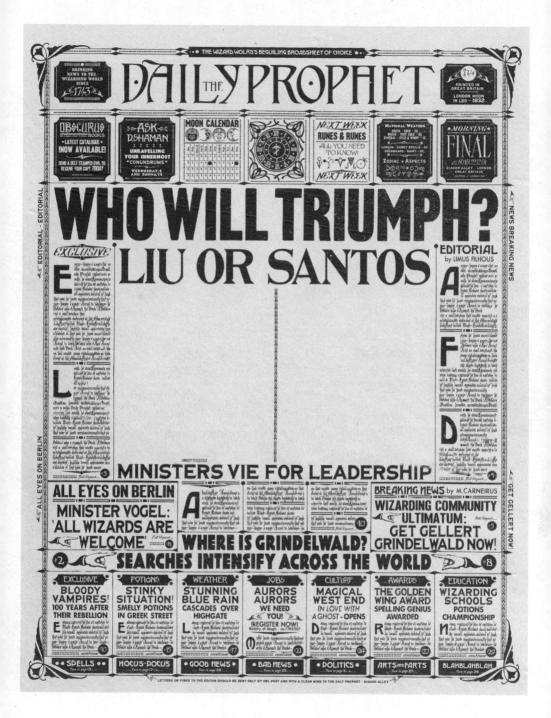

GRÁFICO PRELIMINAR DEL *DIARIO EL PROFETA*, CON ESPACIO EN BLANCO
PARA LAS FOTOGRAFÍAS MÓVILES DE LIU Y SANTOS

MAQUETA DEL INTERIOR DEL TREN

OBVIAMENTE, hemos visto el Expreso de Hogwarts muchas veces en las películas de Potter, y siempre lo hemos tratado como un tren de verdad que los muggles simplemente no pueden ver. La diferencia aquí es que están en un vagón que va unido a un tren muggle, así que tuvimos que ir más allá del concepto de un tren que es invisible desde el exterior. Cuando vemos que el tren se detiene en la estación en Berlín y la cámara pasa del exterior al interior, se revela este hermoso espacio dentro de un vagón destartalado al final del tren. Así que, en vez de ser invisible, está oculto por arte de magia, y eso nos pareció más interesante para el mundo de esta película.

—CHRISTIAN MANZ

(Efectos visuales)

En la página opuesta, el cartel de SE BUSCA *de Grindelwald.*

NEWT
¿Qué dice el Ministerio?
¿Liu o Santos?

THESEUS
Oficialmente, el Ministerio no toma
partido. Extraoficialmente, apuestan por
Santos. Aunque cualquiera es mejor que
Vogel.

KAMA
¿Cualquiera?

La mirada de Kama se posa en Grindelwald. Theseus lo nota.

THESEUS
No creo que él esté en la papeleta, Kama.
Es un fugitivo.

KAMA
¿Cuál es la diferencia?

*En ese momento, las LLAMAS CHISPORROTEAN, se ponen
ligeramente VERDES, y Jacob aparece trastabillando sobre el
fuego. Todavía tiene la sartén en la mano.*

UNA oportunidad de usar realmente el estilo art déco fue el tren mágico que transporta a nuestros héroes de Londres a Berlín. Los páneles esculpidos de las chimeneas están basados en ciertas paredes decoradas muy art déco. Luego tomamos elementos de esos páneles y creamos el logotipo de la compañía de trenes mágicos. Una vez que tuvimos esa insignia —y lo mismo va para todas las insignias en el mundo mágico: la del Ministerio de Magia, la del *Diario El Profeta* y demás—, pudimos aplicarla a distintos medios. Por ejemplo, creamos una revista de a bordo y boletos para el tren, que tal vez no aparezcan en primer plano, pero ayudan a llenar ese mundo con todas las piezas adecuadas.

—MIRAPHORA MINA

(Diseñadora gráfica)

(*arriba*) LOGOTIPO DE LA COMPAÑÍA DE TRENES

(*derecha*) DISEÑO DEL BAJORRELIEVE DE LOS PÁNELES DEL INTERIOR DEL TREN

JACOB

¡Dando vueltas! Siempre dando vueltas.

NEWT

Jacob. Bienvenido. Hombre brillante.
Estaba seguro de que la profesora Hicks
te convencería.

JACOB

Sí. Me conoces, amigo. No puedo negarme
a un buen Traslador.

En ese momento, la chimenea chisporrotea de nuevo y, segundos después, Lally emerge del fuego con una fácil zancada, con el libro en las manos.

LALLY

Señor Scamander.

NEWT

Profesora Hicks.

LALLY / NEWT

Al fin.

NEWT
(a los demás)
La profesora Hicks…

(*interrumpiéndose a sí mismo*)
y yo nos hemos escrito durante muchos
años, pero nunca nos habíamos conocido.
Su libro sobre hechizos avanzados es
lectura obligada.

LALLY

Newt es muy amable. *Animales Fantásticos*
es una lectura obligatoria para mis
estudiantes.

NEWT

Muy bien, permítame presentarla.
Ella es Bunty Broadacre, mi asistente
imprescindible de los últimos siete años.

BUNTY

Son ocho años.

Dos Nifflers juveniles están sentados en los hombros de Bunty.

BUNTY (CONTINÚA)

Y ciento sesenta y cuatro días.

NEWT

Como ve, es imprescindible. Y él es...

ADVANCED CHARM CASTING

★ 3rd Edition ★

EULALIE HICKS

DISEÑO DE PORTADA PARA *HECHIZOS AVANZADOS* DE EULALIE HICKS

DISEÑO DE PORTADA PARA *ANIMALES FANTÁSTICOS Y DÓNDE ENCONTRARLOS*
DE NEWT SCAMANDER

KAMA

Yusuf Kama. Encantado.

NEWT

Y, obviamente, ya conoce a Jacob.

Theseus CARRASPEA. Newt lo mira, inexpresivo. Theseus alza las cejas.

THESEUS

Newt.

NEWT

Él es mi hermano, Theseus, y trabaja para el Ministerio.

THESEUS

Soy el director de la Oficina de Aurores Británicos.

LALLY

Me aseguraré de tener el registro de mi varita al día.

Lally sonríe.

THESEUS

Muy bien. Aunque, para ser exactos,
eso no entra en mi jurisdicción.

De repente, Newt se da la vuelta y camina hacia el fondo del vagón. Los demás lo siguen.

NEWT

Muy bien. Creo que todos se
preguntarán por qué están aquí.

Consenso general.

NEWT (CONTINÚA)

Y por eso, Dumbledore me pidió
que les transmitiera un mensaje.
Grindelwald tiene la capacidad
de ver fragmentos del futuro. Así
que suponemos que él podrá
anticipar lo que hacemos antes de
que lo hagamos. Si queremos derrotarlo
y salvar nuestro mundo… salvar el
tuyo, Jacob… nuestra única
esperanza es confundirlo.

Al concluir Newt, recibe como respuesta… silencio.

JACOB

Disculpa. Lo siento. ¿Cómo se confunde
a alguien que puede ver el futuro?

KAMA

Hacemos lo opuesto.

NEWT

Exactamente. El mejor plan es no tener
plan.

LALLY

O muchos planes.

NEWT

Así lo confundimos.

JACOB

Yo ya estoy confundido.

NEWT

De hecho, Dumbledore me pidió
que te diera algo, Jacob.

*Los demás esperan mientras Newt saca de su manga, un poco
como un mago aficionado, una VARITA.*

NEWT (CONTINÚA)

Es de madera de serpiente. No es muy
común.

JACOB

¿Estás bromeando? ¿Es de verdad?

NEWT

Sí. Bueno, no tiene núcleo, así que más o
menos, pero sí.

JACOB

¿Es más o menos real?

NEWT

Lo que importa es que la necesitarás.

*Jacob toma la varita y la mira, pasmado. Newt comienza a
buscar en sus bolsillos.*

NEWT (CONTINÚA)

Creo que también hay algo para ti,
Theseus.

*Una vez más, los demás esperan ansiosos. Newt, esta vez como
un mago de verdad, trata de sacar algo del interior de su abrigo,
pero ese algo se resiste. Newt forcejea un momento y da un tirón
extra, hablando hacia un bolsillo interno…*

> **NEWT (CONTINÚA)**
> Teddy, por favor, suéltala. Teddy,
> por favor. No. Teddy, ¿puedes
> comportarte? Es de Theseus...

Con un tirón decisivo, Teddy sale y rebota por el vagón, donde Jacob lo recoge. Un trozo de tela cae al piso.

Jacob y Teddy se miran fijamente.

Newt se agacha para recoger el trozo de tela. Es una CORBATA ROJA BRILLANTE con un estampado de FÉNIX DORADO. Newt se pone en pie y se la entrega a Theseus, que la recibe y le da la vuelta.

> **THESEUS**
> Es... Claro. Ahora todo tiene sentido.

> **NEWT**
> Lally, ¿creo que te dieron material de
> lectura?

> **LALLY**
> Ya sabes lo que dicen. Un libro te puede
> llevar alrededor del mundo, sólo tienes
> que abrirlo.

JACOB
(bajando a Teddy)
No está bromeando.

NEWT
Sí, Bunty, esto es para ti. Me dijeron que
sólo tú podías verlo.

Newt saca un pequeño CUADRADO DE PAPEL doblado y se lo entrega a Bunty. Ella, al abrirlo, reacciona visiblemente, pero antes de que pueda leerlo de nuevo, el papel se enciende en llamas y se incinera.

NEWT (CONTINÚA)
Y, Kama.

KAMA
Tengo lo que necesito.

JACOB
¿Y Tina? ¿Ella vendrá?

NEWT
Tina no está disponible.
Le dieron un ascenso, está muy
ocupada...
(una pausa)
... bueno, eso es lo que entiendo.

LALLY
Tina es la directora de la Oficina de
Aurores Estadounidenses. La conozco
bien. Es una mujer extraordinaria.

Newt se queda parado un momento, mirando a Lally, y luego dice:

NEWT
Así es.

THESEUS
Así que éste es el equipo que derrotará
al mago más peligroso en siglos.
Un magizoólogo, su ayudante
imprescindible, una profesora, un mago
de una familia francesa muy antigua, y…
un panadero muggle con su varita falsa.

JACOB
También te tenemos a ti, amigo,
y su varita funciona.

Jacob toma un trago y…

THESEUS
Cierto. ¿Quién podría derrotarnos?

… risitas, y CORTE A:

DUMBLEDORE elige a personas de buen corazón y con talentos muy específicos. Lally es una prestigiosa profesora de hechizos, muy admirada en el mundo mágico. Theseus es el hermano de Newt y una eminencia en su campo, jefe de la Oficina de Aurores en el Ministerio británico. Kama tiene una historia familiar que puede resultar útil. Y ¿por qué elige Dumbledore a Jacob? ¿Por qué añadir un muggle a este grupo? Porque Jacob tiene el espinazo moral necesario, y es un hombre bueno y decente con un enorme corazón.

—DAVID HEYMAN
(Productor)

25 EXT. ESTACIÓN DE TREN, BERLÍN, TARDE

Fríos berlineses están de pie sobre el andén, rígidos, cuando el tren entra RUGIENDO a la estación.

26 INT. VAGÓN MÁGICO DEL TREN, TARDE

Newt, de rodillas junto a su maleta, termina de alimentar al Qilin y cierra la tapa con suavidad.

NEWT

Estarás bien, bebé.

LALLY

Berlín. Maravilloso.

Newt se da la vuelta, ve a Lally de pie junto a la ventana de al lado, mirando al exterior. Un hombre (un AUROR ALTO) destaca por su estatura y su semblante.

El tren se detiene y el motor SISEA. Los demás comienzan a recoger sus cosas. Kama es el primero en llegar a la puerta.

THESEUS

Kama, ten cuidado.

Kama se detiene, mira a los ojos de Theseus un momento, y asiente. Cuando sale, un VIENTO FRÍO llena el vagón. Bunty aparece al lado de Newt.

> **BUNTY**
> Yo también debo irme, Newt.

Newt comienza a responder, pero entonces se detiene, baja la mirada y ve que la mano de Bunty está entrelazada con la suya en el mango de la maleta.

> **BUNTY (CONTINÚA)**
> Nadie debe saberlo todo, ni siquiera tú.

La mira, pero ella no dice nada más. Finalmente, suelta el mango.

Mientras ella sale, Newt nota que Theseus y Jacob lo observan. Newt se da la vuelta y mira por la ventana a Kama y Bunty, que se van en direcciones opuestas.

27 EXT. CALLE, BERLÍN, MOMENTOS DESPUÉS, NOCHE

Una LIGERA NEVADA CAE mientras Jacob, Newt, Lally y Theseus avanzan por la calle.

> **NEWT**
> Muy bien. Bueno, aquí es.

Newt los conduce a un callejón que termina en una PARED DE LADRILLOS que ostenta un EMBLEMA. Mientras los otros avanzan a zancadas hacia la pared, Jacob mira de lado a lado, arriba y alrededor, cuando...

WHOOSH.

... los cuatro han pasado al otro lado. Jacob frunce el ceño y ve la misma pared y el mismo emblema, sólo que por detrás.

Encogiéndose de hombros, Jacob mira al frente y ve, en ENOR-MES PENDONES que cuelgan sobre la calle, la cara de un MAGO DE ASPECTO BENÉVOLO (ANTON VOGEL). Más adelante se alza un EDIFICIO rodeado de PARTIDARIOS de Liu y Santos.

THESEUS

¿El Ministerio Alemán de Magia?

NEWT

Sí.

THESEUS

Supongo que estamos aquí por una razón.

NEWT

Sí, tenemos que asistir a una ceremonia
de té, y si no nos damos prisa, llegaremos
tarde.

UNA de las cosas que siempre me encantaron de las películas de Potter y todo el mundo mágico es la idea de que vivimos en nuestro mundo y, a un lado de nosotros, rozando nuestro hombro a través de la pared, existe otro mundo más fantástico, más emocionante. Ver eso en otros países, y no sólo en Londres y Gran Bretaña, ha sido increíble.

—EDDIE REDMAYNE
(Newt Scamander)

INSIGNIA DEL MINISTERIO DE MAGIA ALEMÁN

DINERO MÁGICO ALEMÁN

BOCETO DE LA ENTRADA DEL MINISTERIO ALEMÁN DE MAGIA

Mientras Newt avanza, Theseus y Lally intercambian una mirada, y lo siguen. Jacob continúa trastabillando, mirando a su alrededor con asombro.

LALLY (FUERA DE CUADRO)
Jacob, no te quedes atrás.

Ve a Lally, que le hace señas. Al avanzar deprisa, Jacob pasa junto a un cartel móvil de SE BUSCA de Grindelwald, que sigue todos sus movimientos con la mirada.

Jacob no puede evitar sostenerle la mirada a Grindelwald, con recelo.

28 EXT. ESCALINATA, MINISTERIO ALEMÁN, MOMENTOS DESPUÉS, NOCHE

CONTINGENTES de PARTIDARIOS DE LIU Y SANTOS entonan CONSIGNAS y enarbolan ESTANDARTES en el aire, en un exuberante pero pacífico despliegue de pasión partidista. Newt y los demás se abren camino hacia la escalinata, serpenteando.

Mientras Theseus conduce a los demás por entre la multitud y hacia la entrada del Ministerio, uno de los AURORES ALEMANES apostados a lo largo del perímetro trata de impedir que Lally y Jacob suban por la escalinata.

THESEUS
Buenas noches, Helmut.

GRÁFICA PRELIMINAR PARA CARTEL DE *SE BUSCA*, CON ESPACIO
EN BLANCO PARA FOTOGRAFÍAS MÓVILES DE GRINDELWALD

MAQUETA DEL EXTERIOR DEL MINISTERIO ALEMÁN DE MAGIA

HELMUT

Theseus.

THESEUS

Oye. Vienen conmigo.

El Auror que obstruye el paso ve a Theseus, y sus ojos destellan al reconocerlo. Mira al AUROR COMANDANTE (HELMUT), que observa todo desde la cima de la escalinata y asiente.

Theseus conduce a los demás hacia arriba.

Justo entonces, la multitud se enardece. Rosier y Carrow están abriéndose paso a empujones entre un grupo de partidarios de Santos, al ritmo de los tambores.

Rosier asiente en dirección de Carrow, que levanta su varita. Un rayo de fuego alcanza una pancarta de Santos. Mientras la cara de Santos se convierte en cenizas, la multitud se ensombrece de pronto, entre muchos empujones y choques.

29 INT. GRAN SALÓN, MINISTERIO ALEMÁN, MOMENTOS DESPUÉS, NOCHE

CIENTOS DE DELEGADOS deambulan mientras las TETERAS FLOTAN por el magnífico salón. Theseus camina junto a Newt, que mira a su alrededor con indiscreción, como si buscara a alguien.

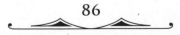

THESEUS

Supongo que no estamos aquí por los
bocadillos.

NEWT

No, tengo que entregar un mensaje.

THESEUS

¿Un mensaje? ¿Para quién?

Newt se detiene. Busca. Theseus sigue su mirada.

*En el extremo opuesto del salón, Anton Vogel, el mago de
aspecto benévolo que se veía en los PENDONES DE LA CALLE,
socializa mientras una falange de GUARDAESPALDAS sigue
sus movimientos como una sombra, y una AGREGADA (FIS-
CHER) lo insta a seguir avanzando.*

THESEUS (CONTINÚA)

Estás bromeando.

NEWT

No.

Newt se dirige hacia ellos, Theseus lo sigue, y CORTE A:

NUEVO ÁNGULO: JACOB Y LALLY

JACOB

¿Qué hago aquí? Vamos afuera. No se me
dan muy bien estas situaciones.

LALLY

¿Qué situaciones?

JACOB

Con la gente, con gente elegante.

EDITH

Hola.

*Jacob da un brinco y se topa con una anciana matrona (EDITH)
junto a su codo.*

EDITH (CONTINÚA)

Lo vi entrar y pensé: "Edith, parece un
hombre interesante".

JACOB

(nervioso)

Jacob Kowalski. ¿Cómo está? Encantado
de conocerla.

EDITH

¿De dónde es, señor Kowalski?

JACOB

De Queens.

EDITH

Ahhh.

Edith asiente, y CORTE A:

NUEVO ÁNGULO

Newt, seguido por Theseus, se acerca a Vogel y su contingente.

NEWT

Lo siento, señor Vogel. Disculpe, ¿podemos
hablar un momento?

Vogel se da la vuelta al oír la voz de Newt.

VOGEL

Por las barbas de Merlín, es el señor
Scamander, ¿no?

NEWT

Señor Vogel...

*Los guardaespaldas se yerguen, amenazantes. Theseus se yer-
gue, amenazante. Vogel mira largo rato a Newt y luego hace
una seña con la mano para que los guardaespaldas descansen.*

Cuando se hacen a un lado para tener privacidad, Newt se inclina hacia Vogel.

> ### NEWT (CONTINÚA)
> Tengo un mensaje de un amigo que no puede esperar: "Haz lo correcto, no lo fácil".

Newt se endereza. Vogel está inmóvil.

> ### NEWT (CONTINÚA)
> Me pidió que lo contactara esta noche y que lo escuchara hoy mismo.

Aparece Fischer.

> ### FISCHER
> Es hora, señor.

> ### VOGEL
> *(la ignora)*
> ¿Está aquí? ¿En Berlín?

Newt vacila; no sabe cómo responder.

> ### VOGEL (CONTINÚA)
> No, claro que no. ¿Para qué dejar Hogwarts si el mundo afuera está en llamas?

(frunce el ceño)
Se lo agradezco, señor Scamander.

Mientras saca a Vogel de ahí, Fischer dirige una mirada a Newt.

El sonido de una CUCHARA CONTRA PORCELANA interrumpe el parloteo y todas las miradas se vuelven hacia Fischer, que está de pie con una taza de té en la mano y con Vogel a su lado. Una vez que tiene la atención de todos en el salón, da un paso a un lado y Vogel toma el escenario. El público aplaude mientras Vogel da un paso al frente.

> VOGEL (CONTINÚA)
> Gracias. Gracias. Veo muchas
> caras conocidas. Colegas, amigos,
> adversarios…

La multitud RÍE.

> VOGEL (CONTINÚA)
> Dentro de las próximas cuarenta y ocho
> horas, ustedes, junto con el resto del
> mundo mágico, elegiremos a nuestro
> próximo gran líder. Una elección que
> definirá nuestras vidas para las siguientes
> generaciones. Sé que, sin importar quién
> gane, la Confederación estará en buenas
> manos. Liu Tao. Vicência Santos.

VOTE
LIU
TAO

for
Supreme Mugwump
International
Confederation
of Wizards

DISEÑOS DE PENDONES ELECTORALES PARA LOS CANDIDATOS
LIU Y SANTOS

Mientras Vogel señala a Liu Tao y Vicência Santos, a quienes reconocemos por El Profeta, *los presentes APLAUDEN.*

VOGEL (CONTINÚA)
Gracias. Es en momentos como éstos que
recordamos que la transferencia pacífica
del poder marca nuestra humanidad
y demuestra al mundo que, a pesar de
nuestras diferencias, todas las voces
merecen ser escuchadas…

Vogel mira a la distancia. Theseus, desde unos metros de distancia, sigue su mirada. Uno tras otro, AURORES VESTIDOS DE NEGRO están apostándose en todas las salidas.

VOGEL (CONTINÚA)
… incluso voces que para algunos
puedan resultar desagradables.

Theseus localiza a los Acólitos que caminan por el salón.

THESEUS
Newt. ¿Reconoces a alguien?

Newt sigue la mirada de Theseus.

NEWT
París. La noche que Leta…

THESEUS
Estaban con Grindelwald.

Theseus sigue con la mirada a Rosier entre la multitud. Ella mira hacia atrás, casi retándolo a seguirla. La sigue, tratando de alcanzarla, y Newt va tras él, a cierta distancia.

VOGEL
Y así, después de una extensa investigación la Confederación llegó a la conclusión de que no existen pruebas suficientes para enjuiciar a Gellert Grindelwald por los crímenes contra la comunidad muggle de los que fue acusado. Queda absuelto por todos los presuntos delitos.

Newt asimila lo que Vogel acaba de decir. De pronto, la sala estalla en respuesta: indignación, vítores dispersos, confusión.

JACOB
¿Está hablando en serio? ¿Lo dejarán en libertad? Yo estuve ahí, mató a mucha gente.

El rostro de Lally se endurece. Entonces:

THESEUS
Están detenidos. Todos ustedes. ¡Bajen
las varitas!

*Theseus, varita en alto, está en un tenso enfrentamiento con
cinco Aurores Oscuros.*

*Un HECHIZO alcanza a Theseus en el cuello, y Theseus cae.
Aparece Helmut, con la punta de su varita humeando.*

HELMUT
Nehmen sie ihn weg.

Dos Aurores levantan a Theseus.

*Newt gira y se mueve entre la multitud, conmocionado, como si
también le hubieran disparado.*

NEWT
¡Theseus! ¡Theseus!

*Mientras Newt irrumpe entre la multitud, Lally y Jacob llegan
a su lado.*

LALLY
Newt. Aquí no. Newt, no sobreviviremos.

*Con calma, Helmut se da la vuelta, al igual que la falange de
Aurores Oscuros a sus espaldas.*

LALLY (CONTINÚA)
Vámonos. Newt, controlan el Ministerio
Alemán. Tenemos que irnos.

*Jacob grita hacia la sala mientras se ve envuelto en el
éxodo masivo.*

JACOB
No está bien. Eso no es justicia.
"Extensa investigación." Yo estuve ahí.
¿Ustedes estuvieron ahí? Yo sí estuve ahí.
¡Dejaron a un asesino en libertad!

Lally lo sujeta.

LALLY
Jacob. Tenemos que irnos. Jacob,
vámonos.

*El RUGIDO de la MULTITUD se ALZA. Un PENDÓN de Grin-
delwald se despliega sobre la multitud que rodea el Ministerio.
La multitud comienza a ENTONAR el nombre de Grindelwald;
sus voces suenan cada vez más FUERTE, y CORTE A:*

SILENCIO ABSOLUTO

CAE NIEVE COMO AZÚCAR

POR UN CIELO EN TINIEBLAS

MAQUETA DEL EXTERIOR DE CABEZA DE PUERCO

30 EXT. HOGSMEADE, NOCHE

Las tiendas están cerradas. La calle es una larga sábana blanca. Prístina.

31 INT. CUARTO SUPERIOR, CABEZA DE PUERCO, MISMO TIEMPO, NOCHE

Dumbledore está de pie frente al RETRATO de ARIANA. Es como si ella lo estuviera mirando.

32 INT. CABEZA DE PUERCO, MISMO TIEMPO, NOCHE

Dumbledore y Aberforth están sentados frente a frente en la cantina vacía, comiendo. Sus cucharas, que se hunden en los cuencos ante ellos, son lo único que se escucha por un rato.

> DUMBLEDORE
> *(la sopa)*
> Está muy bueno.

Aberforth sigue comiendo.

> DUMBLEDORE (CONTINÚA)
> Era su platillo favorito. ¿Recuerdas cómo le rogaba a madre que lo hiciera? Ariana. Madre decía que la calmaba, pero creo que era una ilusión.

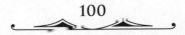

RETRATO DE ARIANA DUMBLEDORE

ABERFORTH

Albus.

Dumbledore se detiene y ve que su hermano lo mira a los ojos.

ABERFORTH (CONTINÚA)

Estuve ahí. Crecí en la misma casa.
Todo lo que viste, también lo vi.
> *(pausa)*

Todo.

Aberforth vuelve a su sopa. Dumbledore examina a su hermano, abrumado por la distancia que los separa, y luego comienza a concentrarse de nuevo en su propio cuenco cuando, de repente, se oyen GOLPES EN LA PUERTA. Aberforth EXCLAMA; MAL-HUMORADO:

ABERFORTH (CONTINÚA)

Lee el letrero, estúpido cretino.

Dumbledore mira hacia la CONOCIDA SOMBRA que está más allá del umbral, y se levanta.

33 INT./EXT. ENTRADA DE LA CANTINA, MOMENTOS DESPUÉS, NOCHE

Dumbledore abre la puerta: MINERVA McGONAGALL.

MINERVA McGONAGALL

Lamento molestarte, Albus.

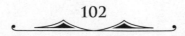

> **DUMBLEDORE**
> Dime, ¿qué pasa?

> **MINERVA McGONAGALL**
> Es Berlín.

34   INT. CABEZA DE PUERCO, CONTINUO, NOCHE

Aberforth está sentado, escuchando los MURMULLOS de McGonagall y Dumbledore, y luego, como sintiendo algo, se da la vuelta.

La SUPERFICIE del ESPEJO SUCIO detrás de la barra está emitiendo DESTELLOS EXTRAÑOS.

Aberforth se levanta despacio, atraviesa la habitación y mira fijamente el espejo. Sobre su REFLEJO borroso, SURGEN PALABRAS, como si salieran a la superficie de un estanque:

SABES LO QUE ES.

Aberforth observa el mensaje un momento, y luego toma un trapo grasiento para limpiar el espejo.

35   INT./EXT. ENTRADA DE LA CANTINA, MOMENTOS DESPUÉS, NOCHE

McGonagall se frota las manos con ansiedad. Dumbledore luce serio, reflexionando sobre lo que acaba de oír.

DUMBLEDORE
Necesitaré que alguien cubra mis
clases mañana. ¿Puedes hacerlo?

MINERVA McGONAGALL
Por supuesto. Y, Albus, por favor…

DUMBLEDORE
Lo haré lo mejor que pueda.

McGonagall comienza a salir, se detiene, EXCLAMA.

MINERVA McGONAGALL
Buenas noches, Aberforth.

ABERFORTH
Buenas noches, Minerva. Discúlpame
por llamarte estúpida cretina.

MINERVA McGONAGALL
Disculpa aceptada.

McGonagall se da la vuelta, y Dumbledore cierra la puerta.

36 INT. CABEZA DE PUERCO, CONTINUO, NOCHE

*Aberforth, al oír los pasos de su hermano, aparta la vista del
espejo y ve a Dumbledore, que carga su sombrero y su abrigo.*

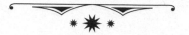

DUMBLEDORE
Me temo que tendré que acortar nuestra
velada.

ABERFORTH
Vamos a salvar el mundo, ¿verdad?

DUMBLEDORE
Se necesita a alguien mejor que yo.

Dumbledore se pone el abrigo y luego se detiene, fijando la mirada en el espejo mientras las palabras SABES LO QUE ES ESTAR SOLO *aparecen lentamente. Al apartar la mirada del espejo, ve que Aberforth lo observa.*

ABERFORTH
No preguntes.

Los hermanos se quedan así, mirándose fijamente uno al otro, y luego Dumbledore sale. Aberforth lo oye marcharse y observa una vez más las palabras en el espejo.

37 EXT. PATIO, CASTILLO DE NURMENGARD, MISMO TIEMPO, NOCHE

El FÉNIX resplandeciente hiende los aires para atrapar una migaja de pan. Credence está de pie debajo, con la cara bañada en una tranquila alegría mientras mira al ave.

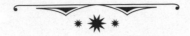

38 INT. SALÓN PRINCIPAL, CASTILLO DE NURMENGARD, MISMO
TIEMPO, NOCHE

Grindelwald está de pie ante una gran ventana. Mientras observa al Fénix, una visión de Dumbledore aparece en el cristal, seguida por una de Kama. Examina la imagen, con la mirada fija, y entonces llega Rosier.

ROSIER
Hay miles de personas en las calles coreando
tu nombre. Eres un hombre libre.

Grindelwald asiente.

GRINDELWALD
Dile a los demás que se preparen para irse.

ROSIER
¿Esta noche?

GRINDELWALD
Mañana. Tendremos una visita por la
mañana.

Por la ventana, el Fénix entra a cuadro por un momento, sacudiéndose cenizas. Grindelwald asoma hacia el patio, donde está Credence.

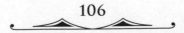

ROSIER

¿Por qué se queda con él?

GRINDELWALD

Debe presentir lo que está a punto de
hacer.

ROSIER

¿Y estás seguro de que puede matar a
Dumbledore?

GRINDELWALD

Su dolor es su poder.

Rosier mira a Grindelwald.

39 INT. OFICINA DEL MINISTERIO ALEMÁN, CONTINUO, POR LA
MAÑANA

Newt, Lally y Jacob persiguen a un FUNCIONARIO DEL
MINISTERIO por un pasillo.

NEWT

El hombre que busco es el jefe de la
Oficina de Aurores Británicos. ¿Cómo
es posible que no conozca su paradero?

El funcionario se da la vuelta y mira a Newt con placidez.

OFICIAL DEL MINISTERIO

Como se los dijimos, dado que nunca
estuvo bajo nuestra custodia nunca supimos
dónde estaba.

LALLY

Señor, había mucha gente ahí, cualquiera
podría corroborar…

OFICIAL DEL MINISTERIO

¿Usted quién es?

El funcionario mira a los ojos a Lally, cuando…

JACOB

Vámonos de aquí… Esperen, ése es el
tipo.

*Newt y Lally se dan la vuelta. Por el pasillo de cristal ven a
Helmut, que sale de una oficina acompañado por el Auror Alto
que vimos por primera vez en el andén del tren.*

Jacob hace señas para que el funcionario lo siga.

JACOB (CONTINÚA)

Vengan.

Jacob, Lally y Newt corren hacia la puerta.

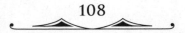

JACOB (CONTINÚA)

¡Disculpe! ¡Oiga! Es ése. Él sabe dónde está
Theseus. ¡Hola! ¿Dónde está Theseus?

Helmut sigue caminando y los ignora a todos.

JACOB (CONTINÚA)

Es ése. Él se llevó a Theseus.

*De pronto, una hoja de vidrio cae desde arriba, como una gui-
llotina.*

40 EXT. MINISTERIO ALEMÁN, MOMENTOS DESPUÉS, POR LA MAÑANA

*Mientras Newt, Jacob y Lally salen por una puerta lateral,
Lally se detiene.*

LALLY

Newt.

*Newt y Jacob miran hacia atrás y ven un GUANTE que flota
en el aire. El GUANTE señala hacia la esquina. Newt camina
hacia el frente y toma el guante en su mano. Luego, siguiendo
un segundo guante, Newt se acerca a una figura que está detrás
de una columna. Dumbledore.*

41 EXT. MINISTERIO ALEMÁN, MOMENTOS DESPUÉS, POR LA
MAÑANA

Dumbledore, tomando un guante del aire y el segundo de manos de Newt, conduce a los demás por una avenida repleta de gente; sus ojos se mueven constantemente, como si cada sombra ofreciera la posibilidad de una amenaza.

NEWT

Albus.

DUMBLEDORE

Llevaron a Theseus al Erkstag.

NEWT

Espera, no, el Erkstag cerró hace años.

DUMBLEDORE

Sí, bueno, ahora es el hotelito secreto
del Ministerio. Necesitarás esto para
verlo. Y uno de éstos. Y esto.

Dumbledore pone ambos guantes en su sombrero mientras saca unos PAPELES y se los da a Newt; al mismo tiempo, nota el aspecto de Newt.

Dumbledore los conduce a la pared, y la atraviesan. Lally empuja a Jacob, que parece vacilar.

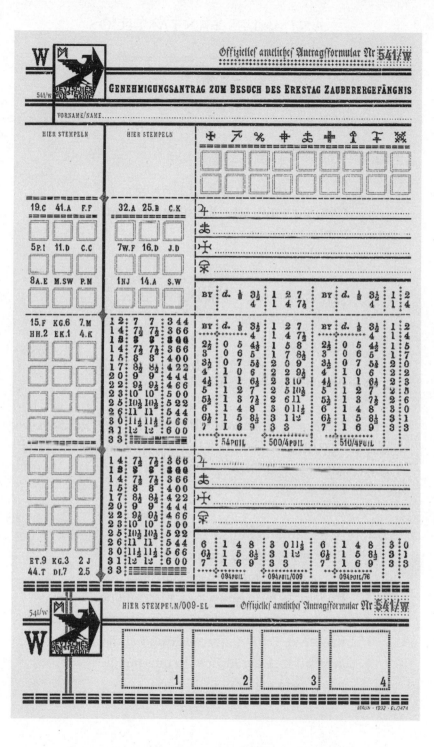

SOLICITUD PARA VISITAR EL ERKSTAG

JACOB

Esperen.

DUMBLEDORE (CONTINÚA)

Confío en que esté disfrutando de su
varita, señor Kowalski.

JACOB

¿Yo? Sí, gracias, señor Dumbledore.
Es una maravilla.

DUMBLEDORE

Le aconsejo que la mantenga cerca.

*Mientras Jacob piensa en el significado de esto, Dumbledore
saca un RELOJ DE BOLSILLO de su abrigo y lo inclina. Newt
ve que Credence pasa deslizándose sobre el REFLEJO en el interior de la tapa.*

DUMBLEDORE (CONTINÚA)

Profesora Hicks. Suponiendo que no
tenga otro compromiso, y aunque lo
tuviera, le pido que asista a la cena de
candidatos esta noche. Llévese al señor
Kowalski. Estoy seguro de que habrá un
atentado. Le agradeceré lo que pueda
hacer para evitar esa situación.

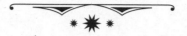

LALLY

Por supuesto. Me complace aceptar
el reto. Además, Jacob estará conmigo.

Jacob, que ha escuchado esta conversación, parece alarmado.
Dumbledore lo nota.

DUMBLEDORE

No se preocupe. La magia defensiva
de la profesora Hicks es extraordinaria.
Hasta la próxima vez.

LALLY

Es un adulador.
(una pausa)
En realidad, no. Sí es extraordinaria.

Newt da un paso al frente y llama a Dumbledore.

NEWT

¡Albus!

Dumbledore se da la vuelta y lo mira.

NEWT (CONTINÚA)

Me preguntaba…

Newt hace señas como si sujetara una maleta.

DUMBLEDORE

Sí. La maleta.

NEWT

Sí.

DUMBLEDORE

(prosigue)

Ten la seguridad de que está en buenas manos.

42   EXT. CALLES DE BERLÍN, MOMENTOS DESPUÉS, POR LA MAÑANA

Bunty, con la maleta de Newt en mano, le saca la vuelta a un tranvía y, con pasos enérgicos, cruza la calle hacia una tienda de ARTÍCULOS DE CUERO.

43   INT. ARTÍCULOS DE CUERO DE OTTO, MISMO TIEMPO, POR LA MAÑANA

Mientras una PEQUEÑA CAMPANA repiquetea, OTTO, un HOMBRE corpulento de cabello ralo, con un delantal, levanta la vista desde una mesa repleta de tijeras, mazos y prensas.

OTTO

¿Puedo ayudarla?

Bunty se acerca al mostrador y, con cuidado, pone la maleta de Newt sobre el cristal.

BOCETO DE VESTUARIO DE BUNTY BROADACRE

BUNTY

Sí. Necesito que haga una maleta igual a
ésta, por favor.

OTTO

Por supuesto.

*Bunty observa, nerviosa, mientras el hombre pasa las manos
callosas sobre la ajada maleta, examinándola desde mil ángu-
los, y trata de abrir el pestillo.*

BUNTY

No, no debe abrirla. Quiero decir que no es
necesario. El interior no es lo que importa.

El hombre mira a Bunty con curiosidad y se encoge de hombros.

OTTO

No veo por qué no pueda hacerle una
igual.

*Mientras el hombre se da la vuelta para tomar papel y pluma
del estante a sus espaldas, el Qilin bebé saca la cabeza de la
maleta y mira a su alrededor con curiosidad. Rápidamente, y
con suavidad, Bunty lo mete de nuevo justo antes de que el
hombre vuelva a girarse.*

OTTO (CONTINÚA)

Déjela aquí.

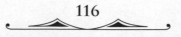

BUNTY

No… No puedo dejarla. Y necesitaré
más de una. Verá, mi esposo es un poco
despistado. Siempre olvida todo. El otro
día olvidó que estaba casado conmigo.
¿Puede creerlo?

Ríe, en un tono un poco maníaco, se da cuenta y recobra la compostura.

BUNTY (CONTINÚA)

Pero lo amo.

OTTO

¿Cuántas necesita?

BUNTY

Seis y las necesitaré dentro de dos días.

44 EXT. CALLES DE BERLÍN, MOMENTOS DESPUÉS, POR LA MAÑANA

Bunty regresa cruzando la calle, con la maleta de Newt.

45 INT. CUARTO DE CREDENCE, CASTILLO DE NURMENGARD, POR
LA MAÑANA

Queenie mira hacia abajo. Ve a Zabini y Carrow en pose defensiva.

ZABINI

¡Muéstrame las manos!

Una FIGURA levanta las manos con calma y sigue avanzando…

46 EXT. PATIO, CASTILLO DE NURMENGARD, MISMO TIEMPO, POR
LA MAÑANA

*La figura da unos pasos más. Se detiene. Es Kama. Zabini se
separa de los demás y avanza hacia él.*

ZABINI

¿Quién eres?

KAMA

Me llamo Yusuf Kama.

Grindelwald y Rosier salen del castillo.

GRINDELWALD

¿Quién es nuestra visita?

KAMA

Un admirador.

ROSIER

Mataste a su hermana. Su nombre era Leta.

Grindelwald lo mira.

BOCETO DE VESTUARIO DE YUSUF KAMA

KAMA

Leta Lestrange.

GRINDELWALD

Ah, sí. Tú y tu hermana comparten un
antiguo linaje.

KAMA

Compartíamos. Era lo único que compartíamos.

Grindelwald observa a Kama con atención.

GRINDELWALD

Dumbledore te envió, ¿verdad?

KAMA

Teme que usted posea una criatura. Teme
el uso que pueda darle. Me envió aquí
para espiarlo. ¿Qué le gustaría que le dijera?

GRINDELWALD

Queenie. ¿Está diciendo la verdad?

Queenie mira a Kama. Sus ojos muestran preocupación por algo.

Asiente.

Grindelwald mira hacia Credence, que está entre las sombras. Grindelwald asiente, de manera casi imperceptible, y Credence se marcha furtivamente. Grindelwald vuelve la mirada hacia Kama.

GRINDELWALD

¿Qué más?

QUEENIE

Aunque cree en ti, te hace responsable
por la muerte de su hermana. Su
ausencia le pesa todos los días. Cada
respiración es un recordatorio de que ella
ya no respira.

Queenie ve que Kama la mira a los ojos. Grindelwald asiente para sí, como considerando el asunto. Entonces saca su varita.

GRINDELWALD

Supongo que no te importará si te libero
del recuerdo de tu hermana.

Grindelwald da un paso al frente y posa la punta de su varita en la sien de Kama, observándolo para ver si se resiste de alguna manera. Pero Kama sigue quieto, firme.

GRINDELWALD (CONTINÚA)

¿Cierto?

KAMA
Así es.

Grindelwald, despacio, aparta la varita, extrayendo una HEBRA TRANSLÚCIDA. Queenie trata de mantener la compostura mientras observa cómo, por un breve instante, una expresión de pérdida atraviesa el rostro de Kama.

En ese momento, la hebra translúcida se desprende de la sien de Kama. Flota como la cola de una cometa en la punta de la varita de Grindelwald y se convierte en NEBLINA.

GRINDELWALD
Listo. ¿Mejor?

Kama mira al frente con los ojos desenfocados. Finalmente, asiente.

GRINDELWALD (CONTINÚA)
Eso pensé. Cuando nos dejamos consumir
por la ira, la única víctima somos nosotros
mismos.
(sonríe, y luego:)
Estábamos a punto de partir. ¿Nos
acompañas? Así podríamos hablar un
poco más sobre nuestro amigo en
común, Dumbledore.

Queenie observa cómo Grindelwald comienza a acompañar a Kama al interior, cuando, justo al pasar, los ojos vacíos de Kama se encuentran con los suyos, con un breve destello de intensidad, como si le enviara un mensaje. Mientras desaparece en el interior:

ROSIER

Después de ti.

Queenie mira hacia arriba y ve que Rosier la observa. Rosier hace una seña y cierra la puerta a sus espaldas. CORTE A:

47 EXT. CALLE ABARROTADA, BERLÍN, DÍA

Dumbledore, con pasos enérgicos, camina por las calles de Berlín. Credence va tras él.

Dumbledore cruza la calle y, despacio, se detiene frente a una tienda, donde ve a Credence en el reflejo del escaparate, visible entre los autos que pasan.

Dumbledore sopla lentamente sobre un copo de nieve, que se transforma en gota de agua.

Seguimos la gota mientras entra por la ventana como una bala translúcida, y sobre el reflejo de los tranvías y autos, dirigiéndose hacia Credence y reventando en su frente. Al reventar la gota, el ruido de la calle se vuelve distante y se disuelve.

DUMBLEDORE

Hola, Credence.

Dumbledore se da la vuelta y lo encara. Credence se tensa, con la varita lista, mientras Dumbledore sale a la calle. El mundo a su alrededor parece distinto, más lento, como si hubiéramos pasado a un sutil espejo de BERLÍN, un reflejo de la ciudad.

Caminan en círculos, uno en torno al otro. La multitud a su alrededor parece ignorarlos. Credence tiene la varita lista.

CREDENCE

¿Sabes lo que es no tener a nadie?
¿Estar siempre solo?

Poco a poco, Dumbledore comprende.

DUMBLEDORE

Eres tú. El que envía los mensajes
en el espejo.

CREDENCE

Soy un Dumbledore. Me abandonaste.
La misma sangre que corre por mis venas
corre por las tuyas.

El FÉNIX pasa volando; Dumbledore lo mira. La energía oscura que emana del interior de Credence comienza a salir en oleadas, resquebrajando el pavimento y levantando los rieles del tranvía

a su alrededor. Dumbledore examina la energía, la reconoce, y el mundo a su alrededor parece continuar con normalidad.

CREDENCE (CONTINÚA)
No está aquí por ti. Está aquí por mí.

El suelo comienza a astillarse y romperse alrededor de Credence. Dumbledore se tensa, presintiendo lo que viene.

Un RAYO VERDE sale de la varita de Credence. Dumbledore lo bloquea con un movimiento suave, increíblemente rápido. Al instante, Credence avanza y lanza otro hechizo, levantando el suelo y arrojándolo hacia adelante alrededor de Dumbledore, que disipa el ataque explosivo, y desaparece y reaparece para apartarse.

Ahora Credence está corriendo, levantando autos, mampostería y vidrio de ventanas, todo lo cual recolecta y envía en una onda sísmica hacia Dumbledore.

Antes de que Dumbledore pueda bloquear más ataques, Credence ya está sobre él, y los dos traban brazo con brazo en su duelo.

Detrás de ellos, un TRANVÍA se acerca, y Dumbledore reaparece hacia atrás. Credence lo sigue, y entramos con ellos AL TRANVÍA, mientras Credence persigue a Dumbledore en su implacable acometida. Credence suelta otro poderoso hechizo y parte EL TRANVÍA A LA MITAD mientras viajamos, a una

velocidad vertiginosa, del INTERIOR AL EXTERIOR Y DE VUELTA a la calle con ellos.

SILENCIO

La CALLE ahora está sumida en inquietante silencio, y, por primera vez, Credence comienza a notar que el mundo a su alrededor se siente distinto.

Credence, súbitamente consciente de una varita en su cuello, se da la vuelta y ve a Dumbledore de pie a sus espaldas.

Dumbledore levanta el DESILUMINADOR.

DUMBLEDORE
Las cosas no siempre son lo que parecen,
Credence, no importa lo que te hayan dicho.

Con un clic, la CALLE a su alrededor es absorbida en el desiluminador y se disuelve como una pintura, dejando una imagen en negativo del mundo real, como si fuera un recuerdo distante.

CREDENCE
Me llamo Aurelius.

DUMBLEDORE
Él te mintió. Provocó tu odio.

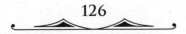

POR lo general, si destruimos una ciudad, tenemos que repararla. Pero aquí Dumbledore y Credence están en un mundo especular, y eso nos da la oportunidad de mostrar las habilidades únicas de Credence como mago e idear nuevas formas de visualizar hechizos, que, en última instancia, son como hermosas esculturas en el aire. Una de las cosas que hicimos fue experimentar con cambios en la materia, para que lo que parece que debería ser sólido se vuelva líquido, o un enorme tsunami de escombros se convierta en nieve con un movimiento de varita. Y, al final, quedamos en este mundo que se ha vuelto completamente negro, pero en los charcos derretidos por todo el suelo se puede ver que la luz del día y el tráfico continúan en el verdadero Berlín, tal como antes.

—CHRISTIAN MANZ

(Efectos visuales)

Credence, frustrado, ataca como el rayo, y, por un momento, él y Dumbledore se baten en duelo a velocidad apabullante.

Dumbledore se defiende con facilidad cuando Credence dispara una ANDANADA DE HECHIZOS EXPLOSIVOS, que Dumbledore resiste para luego estirar la mano y alcanzar a Credence con un hechizo que lo hace retroceder tambaleándose y provoca que una masa negra y dinámica emerja de su cuerpo.

Credence, bajado con suavidad por la mano de Dumbledore, cae con lentitud, de espaldas sobre la calle nevada, mirando hacia el cielo furibundo, hacia el Fénix que vuela en círculos.

Dumbledore, jadeante, baja la varita y, mientras los vapores negros forman volutas detrás de Credence, observa cómo el Fénix baja en picada, sobrevuela a Credence un momento, y luego bate las alas y se aleja.

NUEVO ÁNGULO: CREDENCE

Dumbledore se acerca. Se agacha con calma, observando el costado de Credence.

Los ojos de Credence se mueven y miran a los de Dumbledore.

DUMBLEDORE (CONTINÚA)
Lo que te dijo no es verdad, pero sí
compartimos la misma sangre. Eres un
Dumbledore.

Al oír esto, Credence mira a los ojos a Dumbledore. Permanecen así un momento, conectados, y luego la fluida masa negra vuelve hacia Credence. Con suavidad, Dumbledore coloca la mano en el pecho de Credence.

DUMBLEDORE (CONTINÚA)
Lamento tu dolor. No lo sabíamos, lo prometo.

Dumbledore levanta el DESILUMINADOR una vez más; un hechizo brota del instrumento, y ahora él y Credence están en la calle, y el mundo de su duelo está reflejado a sus pies, en charcos de agua formados por la nieve derretida.

Dumbledore da un paso atrás para apartarse de Credence, examinándolo con atención, y le tiende la mano.

Cuando Credence toma su mano, Dumbledore se agacha y lo ayuda a levantarse, para después perderse en la calle abarrotada. Credence lo ve marcharse.

48 EXT. ENTRADA CERRADA DEL U-BAHN, BERLÍN, MISMO TIEMPO, TARDE

Vemos a Newt, que se acerca a una REJA HERRUMBROSA y la abre.

49 INT. PRISIÓN DEL ERKSTAG, BERLÍN, MOMENTOS DESPUÉS

Una vela chisporroteante ilumina con luz mortecina a un CELADOR desaliñado apostado ante una pared de CASILLEROS.

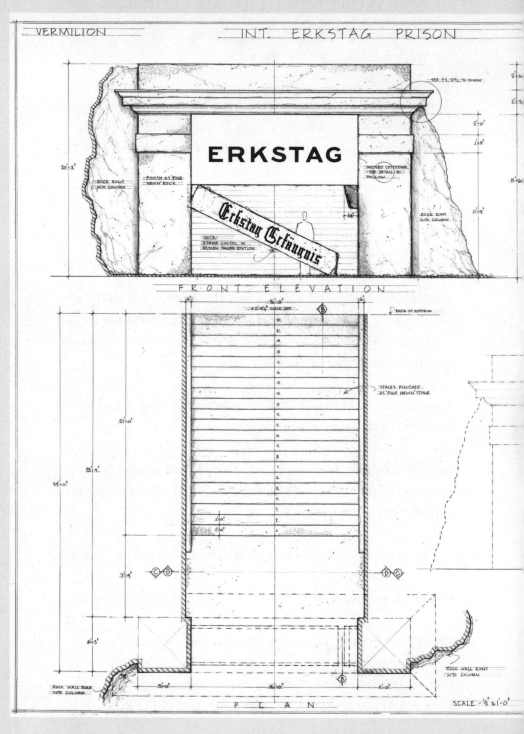

PLANO DE LA PRISIÓN DEL ERKSTAG

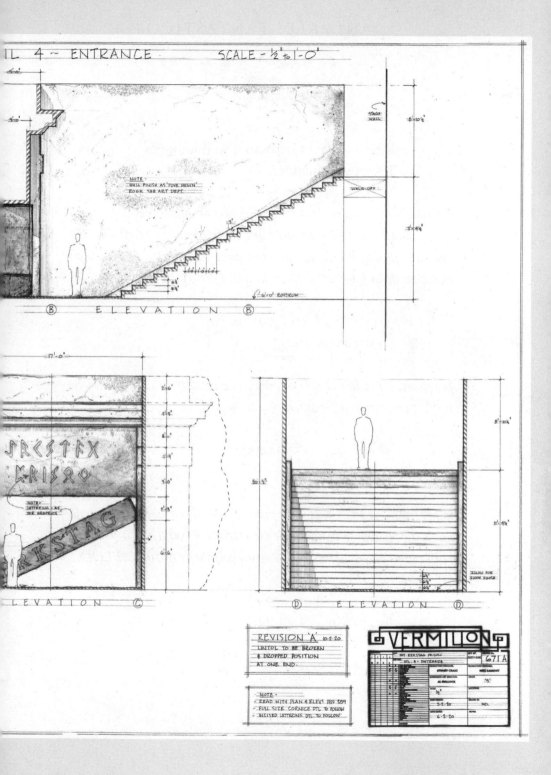

IL 4 - ENTRANCE   SCALE - ½" to 1'-0"

NOTE -
WALL FINISH AS 'FINE HEWN'
ROCK SEE ART DEPT.

STAGE WALL

WALK OFF

0'-10½"

1'-4½"

B   E L E V A T I O N   B

6'-0' ROSTRUM

17'-0"

NOTE
LETTERING AS
PER GRAPHICS

E L E V A T I O N   C

8'-10½"

20'-4"

11'-4½"

ALLOW FOR
FLOOR FINISH

D   E L E V A T I O N   D

REVISION 'A' 10-2-20
LINTOL TO BE BROKEN
& DROPPED POSITION
AT ONE END.

NOTE -
- READ WITH PLAN & ELEVS DRG 389
- FULL SIZE CORNICE DTL TO FOLLOW
- INCISED LETTERING DTL TO FOLLOW

VERMILION

BRT. BERKSTAG PRISON
DTL 4 - ENTRANCE   671A

SYDNEY CRAIG   NIGEL LAMONT

AL BULLOCK   ½"

½"

3-2-20

6-2-20

NEWT

Vine a ver a mi hermano. Su nombre es
Theseus Scamander.

Cuando Newt extiende los PAPELES que Dumbledore le dio, una desgastada FOTOGRAFÍA de Tina cae girando al escritorio. Un diligente SELLO hechizado avanza sobre los papeles de Newt, en dirección de la fotografía. Newt la quita justo a tiempo.

NEWT (CONTINÚA)

Lo siento, es un…

Entonces, Newt lo nota: el celador viste la corbata de Theseus. Se le queda mirando un momento, y luego:

CELADOR

Dame la varita.

Newt frunce el ceño, mete la mano a su abrigo y obedece de mala gana. El celador se pone de pie con rigidez y comienza a pasar su varita sobre Newt. Al pasarla sobre un bolsillo, se oye un CHILLIDO.

NEWT

Es… Soy magizoólogo.

El celador saca a Pickett del bolsillo.

> NEWT (CONTINÚA)
> Es inofensivo. Es sólo una
> mascota, de verdad.

Pickett estira el cuello y frunce el ceño.

> NEWT (CONTINÚA)
> Lo siento.

Teddy asoma la cabeza por otro bolsillo.

> NEWT (CONTINÚA)
> Él es Teddy. Se porta muy
> mal, la verdad.

> CELADOR
> Ellos se quedan aquí.

Reticente, Newt entrega a ambos y observa angustiado cómo el celador mete a Pickett, junto con la varita de Newt, en un casillero y a Teddy en otro; el cuerpo regordete de Teddy llena todo el casillero. Pickett CHILLA, SUPLICANTE.

Con un NAUSEABUNDO CHAPOTEO, el celador mete la mano en una CUBETA REPLETA de LARVAS, saca una, y la agita en su puño, donde se ESTREMECE un momento antes de transformarse en una LUCIÉRNAGA. La deposita en una diminuta LINTERNA de lata. Mientras la luciérnaga revolotea, la linterna

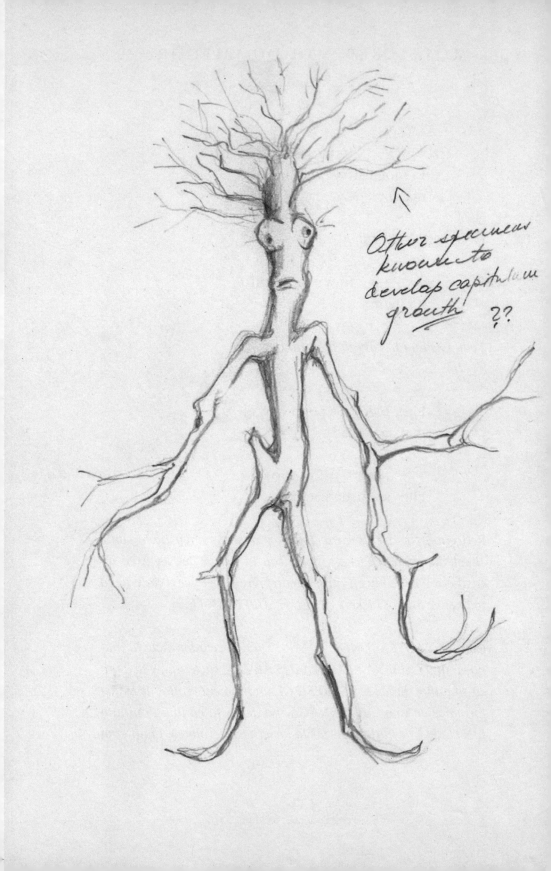

BOCETOS DEL CUADERNO DE NEWT SCAMANDER

emite una LUZ TRÉMULA. Newt toma la linterna en su mano y mira hacia el pasadizo a oscuras.

NEWT

¿Cómo sabré dónde encontrarlo?

CELADOR

¿Es tu hermano?

NEWT

Sí.

CELADOR

Pues será quien se parezca a tu hermano.

Mientras Newt echa a andar, Pickett lo sigue con la mirada.

NEWT

Volveré, Pick. Te lo prometo.

Justo antes de que la oscuridad se lo trague, Newt mira atrás.

CELADOR

"Volveré, Pick. Te lo prometo." Y yo
algún día seré ministro de magia.

El celador SONRÍE CON CRUELDAD. Teddy lo observa y Pickett le saca la lengua.

50 EXT. MINISTERIO ALEMÁN, NOCHE

Las calles que rodean el Ministerio ahora rebosan de partidarios de Grindelwald, que sostienen pancartas con su imagen mientras los TAMBORILEROS baten sus tambores con furia. En la cima de la escalinata, Helmut observa todo, impasible.

51 INT. VAGÓN DE GRINDELWALD, CONTINUO, NOCHE

Grindelwald observa, con tranquila fascinación, el CARNAVAL DE ROSTROS al otro lado del cristal teñido. Rosier está sentada a su lado.

Los rostros al otro lado del cristal ya no están enfocados. En su lugar, una IMAGEN juguetea en el cristal, una imagen que sólo Grindelwald puede ver: Jacob, con una varita.

Rosier se ha inclinado hacia el frente y está hablando con el conductor.

ROSIER

Llévanos por atrás. Por aquí no es seguro.

GRINDELWALD
(dándose la vuelta)

No. Bájala.

DISEÑO DE ADORNO AUTOMOTRIZ CON EL MONOGRAMA
DE GELLERT GRINDELWALD

ROSIER

¿Qué?

GRINDELWALD

La ventana. Bájala.

Rosier extiende una mano temblorosa y ABRE UN POCO
la ventana. Al instante, unos DEDOS EN GARRA palpan las

sombras del auto y suenan unas *VOCES FURIOSAS*. Todo el rato, Grindelwald permanece en calma, con los ojos cerrados. Luego, sin previo aviso, *LEVANTA* el pestillo de la puerta...

ROSIER

¡No! ¡No!

Mientras Grindelwald se lanza hacia el caos del exterior, Rosier se queda sentada, inmóvil.

52 EXT. MINISTERIO ALEMÁN, CONTINUO, NOCHE

Grindelwald, saludando como un magistrado romano, deja que la marea de partidarios enloquecidos lo cargue escaleras arriba.

53 INT. BALCÓN SUPERIOR, MINISTERIO ALEMÁN, MISMO TIEMPO, NOCHE

Una BRUJA BRITÁNICA ALTA está de pie junto al MINISTRO FRANCÉS (VICTOR), Fischer y Vogel, contemplando la multitud enardecida.

VOGEL

Esa gente no *sugiere* ser escuchada.
No pide ser escuchada. Lo *exige*.

FOR THE
GREATER
GOOD

VOTE

Gellert
GRINDELWALD

PROPAGANDA ELECTORAL DE GRINDELWALD

VOTE
Gellert
GRINDELWALD
FOR
SUPREME MUGWUMP

INTERNATIONAL
CONFEDERATION
OF WIZARDS

BEHOLD THE INSIGNIA OF THE GREATER GOOD

BRUJA BRITÁNICA
¿De verdad estás proponiendo
a ese hombre para la candidatura?

VOGEL
Sí. Sí, dejemos que se postule.

Abajo, Rosier, pálida como fantasma, baja del auto y mira cómo Grindelwald se mueve entre la multitud.

BRUJA BRITÁNICA
Grindelwald busca la guerra entre magos y
muggles, y si lo consigue, no sólo destruirá
su mundo, también destruirá el nuestro.

VOGEL
Por eso no puede ganar. Deja que se
postule como candidato. Que la gente
vote. Cuando pierda, la gente habrá
elegido. Pero si no los escuchamos, las
calles estarán cubiertas de sangre.

Los otros, mirando desde lo alto, ven cómo Grindelwald es cargado en brazos de la multitud por la escalinata del Ministerio.

54   INT. PASADIZO, PRISIÓN DEL ERKSTAG, NOCHE

Una diminuta mancha de luz vacilante se aproxima. Conforme se acerca más, Newt entra a cuadro. Se detiene.

NEWT

Theseus.

Se oyen leves movimientos entre las sombras circundantes.

Newt se agacha y mueve la linterna. Una pequeña criatura semejante a un cangrejo —una MANTÍCORA BEBÉ— entra a cuadro. Al ver a Newt, menea las antenas. Es adorable, eso es simplemente innegable.

Newt parece menos que encantado. Ante sus ojos aparece otra mantícora bebé, luego otra y otra más. Una mira hacia arriba y muestra los DIENTES. No es adorable.

Newt retrocede hacia un atrio central; sus pies están al borde de un enorme foso. Mira hacia abajo, hacia el vasto agujero oscuro. Algo se mueve en las sombras del fondo.

De pronto, Newt adopta una extraña pose como de cangrejo. Las mantícoras bebés lo imitan.

55 INT. GRAN SALÓN, MINISTERIO ALEMÁN, NOCHE

Varias personas llevan bandejas con langosta a las mesas. Lally, ahora sentada, barre la sala con la mirada, observando las mesas donde están Liu y Santos y evaluando la potencial amenaza que suponen los MOZOS y MESEROS que los rodean. Un MESERO DE OJOS OSCUROS pasa una y otra vez ante la vista de Lally.

El CÁLIZ de Jacob se llena de vino por arte de magia; Jacob lo toma en sus manos y, al notar que Edith lo saluda con entusiasmo desde el otro lado de la sala, lo inclina en un brindis. Entonces nota a un DISTINGUIDO MAGO con cabello de director de orquesta, sentado a la izquierda de Edith.

JACOB
Lally, el tipo del cabello sentado junto a
Edith. Parece capaz de matar a alguien.
También se parece a mi tío Dominic.

LALLY
(mirando)
¿Tu tío Dominic es el ministro de magia
de Noruega?

JACOB
No.

LALLY
Me lo imaginé.

Lally sonríe. Entonces, abruptamente, la energía de la sala cambia y Grindelwald y su séquito entran, de muy buen ánimo. Con el cabello despeinado y la chaqueta arrugada, Grindelwald luce fresco y auténtico en esta sala llena de pretenciosos resollantes. Se vuelve hacia el CUARTETO DE ELFOS DOMÉSTICOS para que sigan tocando.

BOCETO DE VESTUARIO DE JACOB KOWALSKI

Se desplaza por la sala, seguido por Rosier, Queenie, Kama, Carrow, Zabini y sus acólitos.

Cuando Queenie pasa, Jacob se pone en pie.

JACOB

Queenie... Queenie.

Queenie sabe que Jacob está ahí, pero lo ignora por completo.

GRINDELWALD
(al ver a Santos)

Señora Santos, es un placer. Sus simpatizantes la apoyan mucho.

SANTOS
(con una sonrisa dura)

Al igual que los suyos, señor Grindelwald.

Grindelwald construye una sonrisa.

56 INT. PASADIZO PROFUNDO, ERKSTAG, NOCHE

Theseus cuelga de los tobillos en una pequeña celda. Al OÍR UN ESTRÉPITO, mira hacia el pasadizo y ve cómo Newt entra a cuadro, caminando con extraños pasos laterales de tijera y seguido por CIENTOS de MANTÍCORAS BEBÉS, todas las cuales parecen imitarlo.

THESEUS

¿Vienes a rescatarme?

NEWT

Ésa es la idea.

THESEUS

(Newt camina con las piernas flexionadas)

Y supongo que eso, lo que sea que estés haciendo, es parte de tu estrategia.

NEWT

Sí, es una técnica llamada mimetismo límbico. Se supone que desalienta los enfrentamientos violentos. De hecho, sólo lo había intentado una vez.

THESEUS

¿Y los resultados?

NEWT

No fueron concluyentes. Lo hice en un laboratorio bajo condiciones sumamente controladas, y bueno, estas condiciones son más inestables, por lo que es menos predecible el resultado final.

NEWT no es un ser social. Se siente mucho más a gusto con sus criaturas. No es, por naturaleza, alguien a quien se le dé ser parte del sistema, y en realidad no encajaba en la escuela. ¡De hecho, terminaron por expulsarlo! Mientras tanto, Theseus es el heroico colegial que hizo una vida en el Ministerio, fue héroe de guerra, y posee una autoridad física y un don de gentes que Newt simplemente no tiene. Así que son algo así como el agua y el aceite, y sin embargo, como en esta película tienen que trabajar juntos, comienzan a darse cuenta de que en realidad se complementan muy bien el uno al otro.

—EDDIE REDMAYNE
(Newt Scamander)

THESEUS
Teniendo como resultado final
que sobrevivamos.

Newt se queda muy quieto mientras una enorme ANTENA surge de las profundidades. Theseus y Newt se miran, alarmados. Newt se vuelve con delicadeza hacia la antena, que lo examina por un momento, y luego la luz de la celda contigua a la de Theseus se extingue.

La antena se retrae y una gigantesca cola como de escorpión entra a la celda ahora a oscuras, recoge el cuerpo encapullado que está ahí y se lo lleva al foso. Una pausa. Luego:

El cuerpo es ARROJADO desde las tinieblas y cae con un GOLPE HÚMEDO a pocos metros de distancia. Newt levanta su linterna y descubre que ha sido eviscerado, y que ahora es pasto para la horda de manticoras que llegan en tropel a agasajarse. Newt aprovecha el momento, entra a la celda y arranca las hebras fibrosas que tienen aprisionado a Theseus por los tobillos.

Newt arranca las últimas hebras y Theseus cae al suelo.

THESEUS (CONTINÚA)
Bien hecho, vamos.

Los hermanos salen de la celda para enfrentarse con un océano de mantícoras que les obstruye la salida.

> THESEUS (CONTINÚA)
> ¿Cuál es el plan?

> NEWT
> Sostén esto.

Le pasa la linterna a Theseus. Ahueca las manos y emite un EXTRAÑO SILBIDO semejante al de un chotacabras.

57 INT. PRISIÓN DEL ERKSTAG, MISMO TIEMPO, NOCHE

Mientras el celador RONCA, con los pies sobre la mesa, Pickett abre el candado de su casillero y abre la puerta.

58 INT. ERKSTAG, MISMO TIEMPO, NOCHE

> THESEUS
> ¿Por qué demonios hiciste eso?

> NEWT
> Necesitaremos ayuda.

Newt hace una pose DANCÍSTICA de mimetismo límbico. De inmediato, las mantícoras bebés lo imitan.

EN la escena del Erkstag, todo está iluminado por linternas, cada una de las cuales contiene una luciérnaga. Y la historia es que a la mantícora no le gustan nada esos bichos, por lo que están colgados afuera de cada celda. Cuando una linterna se apaga, la Mantícora ataca. Así que en cuanto ves morir a tu bicho, sabes que estás muerto, porque la mantícora vendrá a hacerte brocheta.

—CHRISTIAN MANZ
(Efectos visuales)

NEWT (CONTINÚA)

Sígueme.

(una pausa)

Vamos.

Theseus adopta la misma posición, y Newt y Theseus comienzan a alejarse caminando de lado.

NEWT (CONTINÚA)

No te estás moviendo correctamente.
Muévete, muévete, pero con delicadeza.

THESEUS

Me muevo igual que tú, Newt.

NEWT

No lo creo.

Entre ellos, una segunda LÁMPARA en la entrada de una celda se apaga, y la cola sale y toma otro cuerpo.

Tras una pausa, también deposita ese cuerpo a sus pies. Theseus y Newt intercambian una mirada.

THESEUS

Muévete.

59 INT. GRAN SALÓN, MINISTERIO ALEMÁN, NOCHE

Queenie está sentada en silencio. Una LÁGRIMA escurre de su ojo y resbala por el lado de su cara que nadie en la mesa puede ver.

Al otro lado de la sala, Jacob la mira fijamente. La cámara se ENFOCA en ellos, perdidos uno en el otro; el mundo que los rodea es irrelevante y se desvanece poco a poco, hasta que...

GRINDELWALD
Ve con él.

Queenie da un salto y nota que Grindelwald está inclinándose hacia ella. Él asiente sobre el hombro de Queenie, hacia donde está Credence cerca de la entrada. Queenie se levanta...

GRINDELWALD (CONTINÚA)
Queenie. Dile que está bien. Veo que
fracasó. Tendrá otra oportunidad. Lo que
más valoro es su lealtad.

Los ojos de Grindelwald están fijos en los de ella. Ella asiente y, separándose de él, se marcha.

NUEVO ÁNGULO: LALLY

Lally mira cómo Queenie atraviesa la sala. Jacob se pone de pie cuando ella pasa, pero Queenie se arma de valor —podemos notar que le cuesta trabajo— y lo ignora de nuevo. Jacob, destrozado, vuelve a sentarse.

Lally mira hacia Grindelwald. Rosier entra a la sala, con el mesero de ojos negros. Le susurra. El mesero de ojos negros hace una pausa y luego se dirige a la mesa de Santos.

Lally sigue con la vista el camino del mesero de ojos negros a través del salón, quien sostiene una copa de un líquido color rojo rubí. Soltando su servilleta sobre la mesa, Lally se levanta y se gira hacia Jacob mientras se aleja.

LALLY

Quédate aquí.

Jacob se bebe otro vaso de vino.

Lally aparta meseros a empujones y se abre camino entre mozos.

LALLY (CONTINÚA)

Lo siento.

Lally ve cómo el mesero de ojos negros se acerca a Santos...

... el mesero de ojos negros se inclina sobre Santos y deposita el vaso en la mesa. Lally se acerca, pero dos guardaespaldas la detienen.

JACOB

Cielos.

Jacob se acerca a la mesa de Grindelwald, como un hombre en un barco sacudido por el oleaje.

Cuando Santos levanta su copa, el líquido rojo se eleva en el aire, amenazador. Lally lanza discretamente un hechizo y el líquido que flota sobre la copa de Santos se desliza velozmente por la alta mesa, se estrella contra una puerta y corroe la madera.

Al llegar Jacob a la mesa, Grindelwald, que apenas ahora lo nota, lo mira con poca atención.

JACOB

Déjala ir.

GRINDELWALD

¿Disculpe?

Jacob saca su varita.

MINISTRO DE MAGIA DE NORUEGA

¡Asesino!

Lally se da la vuelta, mirando con incredulidad mientras Jacob levanta ambas manos.

¡WHOOSH! *Lally hace otro movimiento de varita y el brazo de Jacob que sostiene su varita se levanta vertical en el aire. Un VÓRTICE como un tornado consume la sala, como si todo el contenido de ésta se vertiera en una licuadora.*

Rápidamente, Lally envía otro hechizo y ata entre sí las agujetas del guardaespaldas.

Los invitados huyen; todos los candelabros SE SACUDEN y las cortinas ondean a lo largo de la pared; los manteles salen disparados de un lado a otro y las servilletas echan a volar como palomas.

Se percibe una FIGURA —un BORRÓN sugerente— en la distancia. Conforme los ojos de Jacob se ajustan, ENFOCAMOS y vemos que la FIGURA es...

Queenie.

Está de pie como él, aún en medio del caos, mirándolo. Sus ojos se encuentran...

... y Queenie comienza a perderse de vista, retirada por Kama.

Helmut y sus Aurores entran a la sala.

Queenie, justo antes de desaparecer, MUEVE su varita y manda una silla volando hacia Helmut, impidiéndole por un momento ver a Jacob.

Lally saca su libro y lo lanza al aire. Derriba un candelabro sobre Helmut y sus Aurores mientras las páginas caen en cascada y hacen que aparezca una escalinata. Jacob se da la vuelta y sube por los escalones mientras Lally va hacia él a toda prisa sobre las páginas, disparando hechizos contra los Aurores.

Helmut dispara una ráfaga de fuego e incendia los escalones mientras Jacob corre hacia Lally. ¡WHOOSH! El libro los absorbe.

60 INT. PRISIÓN DEL ERKSTAG, MISMO TIEMPO, NOCHE

El celador RONCA y su silla se inclina hacia atrás. Teddy, con un extremo de la corbata brillante agarrado entre los dientes, se desliza hacia adelante, y las almohadillas de sus diminutas patas CHIRRÍAN sobre la superficie del escritorio.

Más arriba, Pickett se balancea precariamente en el borde de uno de los casilleros, tratando de recuperar la varita de Newt.

ABAJO, mientras el celador despierta, la silla se estabiliza. Entonces...

La silla cae hacia atrás mientras el nudo de la corbata por fin se deshace y el celador se desploma como un árbol talado, CHOCANDO contra los casilleros, lanzando a Pickett hacia el frente.

Teddy da un salto, ignora a Pickett en el aire, y recoge unas monedas que caen, para después aterrizar en el piso.

El SILBIDO vuelve a resonar.

61 INT. BLOQUE DE CELDAS, ERKSTAG, MISMO TIEMPO, NOCHE

La luz de la linterna en la mano de Theseus titila. Se oye un crujido y Theseus se detiene.

De pronto, las mantícoras bebés pausan y se le quedan mirando. Theseus baja la mirada y lentamente, con delicadeza, levanta el pie derecho, bajo el cual ve una mantícora bebé aplastada.

Voltea a ver a Newt.

En ese instante, la luz de la linterna de Theseus se apaga, sumiéndolos a ambos en las tinieblas y provocando la huida de las mantícoras bebés.

La ENORME cola se levanta y comienza a retroceder para atacar.

Los hermanos, a un tiempo, echan a correr, y la cola azota las paredes de la celda a pocos metros de ellos.

Newt y Theseus corren por los pasillos; la cola y las antenas de la mantícora azotan, SERPENTEAN, golpean y les lanzan ráfagas de fuego; detrás va la MANTÍCORA GIGANTE misma, escurriéndose por las grietas, siguiéndolos muy de cerca.

Theseus vira hacia la derecha y corre precariamente a lo largo de una cornisa, mientras la mantícora se lanza sobre él con

ferocidad. Los ojos, garras y extremidades de la bestia se agitan en su dirección, y Theseus tropieza hacia la izquierda, esquivando por poco la extremidad que estuvo a punto de ensartarlo.

Newt y Theseus se reúnen y corren mientras el techo se derrumba a sus espaldas, atrapando a la mantícora gigante.

Theseus suelta un suspiro de alivio y un momento después una de las antenas de la mantícora gigante rodea su cintura y se lo lleva a rastras. Newt, desesperado, va tras su hermano y lo sujeta.

Teddy va corriendo hacia ellos, con la corbata de Theseus sujeta entre los dientes, y Pickett va montado sobre él como un vaquero, cargando la varita de Newt. El celador les lanza hechizos y le acierta a Teddy, lanzando a Pickett por los aires con la varita de Newt.

Newt se aferra a Theseus mientras la mantícora gigante lo jala hacia la orilla del foso. Pickett cae a sus pies, con su varita.

Newt lo ve, toma su varita, y Pickett se apresura a sujetarse. Newt lanza un hechizo hacia Teddy...

NEWT
¡Accio!

... que se eleva en el aire y es lanzado hacia ellos.

NEWT (CONTINÚA)
Sujétate de la corbata.

Comienzan a caer hacia el foso...

... y desaparecen.

El celador suelta una risita, hasta que su linterna empieza a titilar y extinguirse. Mira hacia la negrura, alarmado.

62 **EXT. ZONA BOSCOSA, CONTINUO, LA MAÑANA SIGUIENTE**

Newt y Theseus caen por un matorral y aterrizan pesadamente sobre suelo musgoso. Cubiertos de hojas, se levantan, aún agarrados de la mano.

Theseus se quita la antena de mantícora de la cintura. La antena se va serpenteando hacia el lago.

NEWT
Era un Traslador.

Theseus le entrega a Teddy, que todavía sujeta la corbata, a Newt.

THESEUS
Sí.

> NEWT
> *(a Pickett y Teddy)*
> Bien hecho, chicos.

Newt y Theseus salen de entre los árboles y miran hacia un lago destellante. Un CASTILLO se alza al otro lado. Teddy y Pickett asoman desde el bolsillo de Newt. Pickett emite una EXCLAMACIÓN de gusto.

Hogwarts.

Sobre el castillo, un JUGADOR DE QUIDDITCH persigue una SNITCH DORADA.

63 INT. GRAN SALÓN, HOGWARTS, MOMENTOS DESPUÉS, POR LA MAÑANA

Lally está sentada con unos estudiantes que terminan de desayunar.

> LALLY
> Aunque no me preguntaran, les
> recomiendo tomar la clase de
> encantamientos.

Newt y Theseus entran.

> NEWT
> Lally.

MAQUETA DEL EXTERIOR DE HOGWARTS

LALLY

¿Por qué tardaron tanto?

NEWT

Tuvimos algunas complicaciones. ¿Ustedes?

LALLY

Tuvimos algunas complicaciones.

Le entrega a Newt el Diario El Profeta. *Theseus mira sobre el hombro de Newt. En primera plana hay una FOTOGRAFÍA de Grindelwald y Jacob bajo un ESCANDALOSO ENCABEZADO.*

¡MUGGLE ASESINO!

THESEUS

¿Jacob intentó matar a Grindelwald?

LALLY

Es una larga historia.

Jacob está sentado a la mesa de una de las casas, con un grupo de estudiantes. Está mostrándoles su varita.

RAVENCLAW PELIRROJA

¿De verdad es madera de serpiente?

JACOB

Sí, de verdad es madera de serpiente.

GRÁFICO PRELIMINAR PARA EL *DIARIO EL PROFETA*, CON ESPACIO EN BLANCO PARA FOTOGRAFÍAS MÓVILES DE JACOB KOWALSKI Y LALLY HICKS

Una PEQUEÑA BRUJA DE SEGUNDO AÑO se acerca.

BRUJA PEQUEÑA

¿Puedo...?

Comienza a extender la mano hacia la varita.

JACOB

Es muy peligrosa. Es muy poderosa.
Es única. Si cayera en las manos
equivocadas, podría lastimarlas.

BRUJA

¿De dónde la sacaste?

JACOB

Fue un regalo de Navidad.

LALLY (FUERA DE CUADRO)

Jacob, mira a quiénes me encontré.

Jacob se da la vuelta y ve a Lally, Newt y Theseus.

JACOB

Miren nada más.
(a las niñas)
Son mis amigos magos, Newt y Theseus.
Somos así, pero yo soy éste.

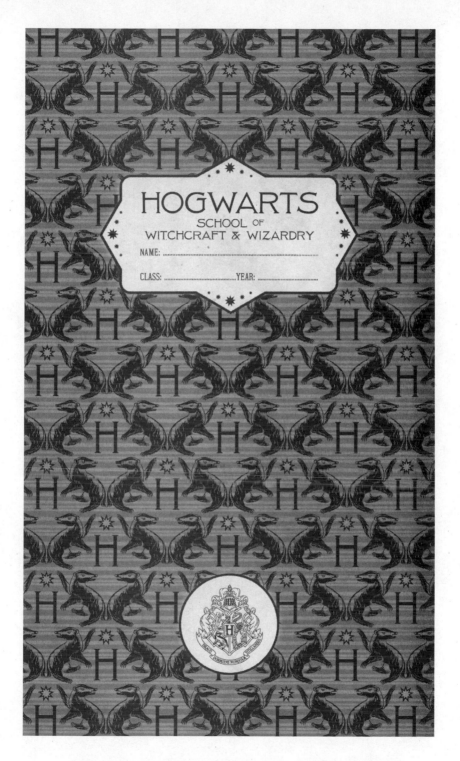

DISEÑO DE PORTADA DE CUADERNO DE HUFFLEPUFF

Jacob cruza el dedo medio y el índice y saca el pulgar.

JACOB (CONTINÚA)
Tengo que irme. Muy bien, diviértanse.
No hagan nada que yo no haría.

Mientras Jacob y los otros se reúnen:

JACOB (CONTINÚA)
¿Qué les parece este lugar? Hay
minibrujas y magos diminutos por todas
partes.

THESEUS
No me digas.

JACOB
(A Newt)
Yo era el asesino.

LALLY
Newt y Theseus fueron a Hogwarts.

JACOB
Ya lo sabía. Pues son muy amables
conmigo. Los chicos de Slytherin
me dieron esto. Están deliciosos.
¿Quién quiere uno?

Jacob saca un paquete de su bolsillo, inclina un BULTO OSCURO sobre su boca, y lo ofrece a los demás.

NEWT

Nunca me gustaron los racimos de
cucarachas, aunque dicen que los
de Honeydukes son los mejores.

Mientras Jacob se pone pálido, una RISOTADA COLECTIVA suena entre los de Slytherin. Se retiran al fondo de la sala. Los demás se dan la vuelta y ven a McGonagall, quien escolta a los estudiantes. Dumbledore se acerca.

THESEUS

McGonagall. Albus.

DUMBLEDORE

Bien hecho. Todos lo hicieron muy bien.
Felicidades.

THESEUS

¿Felicidades?

ME parece que Hogwarts es donde Dumbledore se siente más a gusto. Es su refugio del mundo.

—JUDE LAW
(Albus Dumbledore)

EN esta película, Dumbledore luce un poco más refinado de lo que lo hemos visto antes, sobre todo en cuanto a las telas y demás materiales. El *tweed* de sus trajes transmite la idea de lujo y comodidad, y los suaves grises evocan la lavanda que viste más adelante, en las películas de Potter.

—COLLEEN ATWOOD
(Diseñadora de vestuario)

BOCETO DE VESTUARIO DE ALBUS DUMBLEDORE

TRANSFIGURATION TODAY

2/6

EDITION 5948

THE MAGAZINE THAT CHANGES LIVES

TRANSFIGURATION MASTER-MINDS of TOMORROW

A LOOK AT THE TOP WIZARDING STUDENTS OF HOGWARTS AND BEYOND...

Aliquam felis tellus, lobortis eget ante sit amet, pharetra fermentum massa. Pellentesque bibendum mi a, erat eleifend, non interdum nisl pharetra. Etiam pretium odio nec malesuada consectetur. Nullam sed gravida enim, in eleifend augue. Quisque sit amet lorem feugiat, mollis mauris in. Ultrices velit. Nullam luctus facilisis purus et egestas. Pellentesque mattis egestas lectus, vel viverra lectus vulputate vitae. Aenean ipsum diam, convallis ac porttitor vel, luctus ut lectus. Proin sagittis sagittis purus, sed vehicula urna tempus erat. Ut porta risus dolor sit amet porta felis lobortis eu. Aliquam erat volutpat. Suspendisse laoreet

Sed mauris velit, dignissim ac sollicitudin tincidunt, varius et metus. Suspendisse purus sem, sollicitudin vitae ante at, eleifend mattis magna. Maecenas luctus odio nec arcu ullamcorper, eget mollis ligula dictum. In ultricies velit iaculis porta tincidunt, lectus enim posuere purus, ut congue est metus sed velit. Sed bibendum at mi vel congue. Integer vel nisl vitae odio pretium feugiat in vel diam. Nunc hendrerit arcu sit amet leo pretium, nec vestibulum lorem elementum, as vel vestibulum elit, vitae nibh. Duis turpis neque, egestas congue diam eu, iaculis convallis lacus. Nunc laoreet ullamcorper sapien

Quam in purus auctor dapibus. Maecenas in elit dignissim, pulvinar dui et imperdiet est. Aenean facilisis urna et dolore euismod. Donec velit urna, vestibulum et consectetur id, porttitor pellentesque justo. Cras placerat quam vehicula vulputate auctor. Nulla porta augue sit amet justo interdum egestas. Ut hendrerit tortor et leo scelerisque, porta tincidunt leo blandit. Quisque aliquam, orci et fringilla consequat, nibh ut posuere nunc ornare. Suspendisse et lacus massa. Morbi sodales sem vestibulum est condimentum.

CONTINUES ON.............Pg.4

▶'OUT OF◀ THIN AIR'
DISCOURSE IN CONJURATION

In cursus dapibus mattis. Duis consequat id urna vitae ornare. Etiam tellus urna, hendrerit a tellus quis semper pretium nulla in hac habitasse platea dictumst. Praesent viverra a purus ut cursus. Suspendisse id tincidunt libero, at dictum nisl. Phasellus non neque imperdiet, fermentum ipsum sit amet, interdum quam. Etiam vehicula eleifend nibh. Quisque sit amet eros a velit cursus dapibus. Nulla turpis elit, blandit id ullamcorper sed, placerat ac ipsum. Pellentesque facilisis lectus a euismod vehicula, eros ligula pretium ligula, sed varius dolor orci ut nibh. Vestibulum sem lacus, pellentesque ac euismod eget, facilisis maximus orci. In id tristique lacus a viverra mauris. Ut convallis, nisl sit amet blandit feugiat, magna arcu aliquet enim, vel tempor orci est quis erat. Donec ac vulputate ante. In et nisl nisl. Vestibulum congue ex in sagittis posuere. Nullam posuere tortor et diam porta, gravida.

CONTINUES ON.....Pg.14

JOIN THE DISCUSSION:
GAMP'S LAW TO BE LOOSENED [?]

Sed mauris velit, dignissim ac sollicitudin tincidunt, varius eu metus. Suspendisse purus sem, sollicitudin vitae ante at, eleifend mattis magna. Maecenas luctus odio nec arcu ullamcorper, eget mollis ligula dictum in ultricies velit iaculis porta tincidunt, lectus enim posuere purus, ut congue est metus sed velit. Sed bibendum at mi vel congue. Integer vel nisl vitae odio pretium feugiat in vel diam. Nunc hendrerit arcu sit amet leo pretium, nec vestibulum lorem elementum, as vel vestibulum elit, vitae nibh. Duis turpis neque, egestas congue diam eu, iaculis convallis lacus. Nunc laoreet ullamcorper sapien

CONTINUES ON....................Pg.9

ESSAYS on REPARIFARGE

TRY THESE TIPS TO STREAMLINE ✳ Your ✳ SPELLS Pg.7

SARDINE HEX ~GOES~ HORRIBLY WRONG... ....Pg.21

13 NEW SPELLS TO TRY ON THE FAMILY CAT Pg.17

ALBUS DUMBLEDORE
PRESENTS
THEORY & PRACTICE IN 20TH CENTURY TRANSFIGURATION

Printed By ML Press Ed.2 16/03

GRÁFICA PRELIMINAR PARA LA PRIMERA PLANA DE *TRANSFIGURACIÓN HOY*

DUMBLEDORE

Así es. La profesora Hicks evitó un
asesinato. Y están vivos y bien. El que
no haya salido según lo planeado era
justamente el plan.

LALLY

Clase básica de hacer lo opuesto.

THESEUS

Albus, perdóname, pero ¿no estamos
donde empezamos?

DUMBLEDORE

De hecho, diría que las cosas están
mucho peor.
> *(a Lally)*

No lo saben, ¿verdad?

Theseus y Newt se vuelven hacia Lally.

LALLY

Grindelwald se postulará como
candidato a las elecciones.

THESEUS/NEWT

¿Qué? Pero ¿cómo?

DUMBLEDORE

Porque Vogel eligió lo fácil sobre lo
correcto.

Dumbledore mueve su varita en el aire, trazando IMÁGENES de MONTAÑAS y VALLES como si fuera un artista callejero. Las imágenes comienzan a MATERIALIZARSE a partir del humo que los rodea, y se transforman poco a poco en un hermoso paisaje. Los demás lo observan, maravillados.

Jacob mira a su alrededor, desorientado.

THESEUS

Está bien.

NEWT

Bután.

DUMBLEDORE

Correcto. Tres puntos para Hufflepuff.
El Reino de Bután se encuentra en lo alto
del Himalaya oriental. Es un lugar de una
belleza indescriptible. Parte de nuestra
magia más importante proviene de ahí.
Dicen que si escuchas con atención, el
pasado te susurra. También es donde se
celebrarán las elecciones.

Se forman NUBES bajo el techo del salón. Entre las nubes aparece fugazmente un EDIFICIO EN LAS ALTURAS, visible un momento, invisible al siguiente.

THESEUS
Él no puede ganar, ¿verdad?

DUMBLEDORE
Hace sólo unos días era prófugo de la
justicia. Ahora es un candidato oficial
de la Confederación Internacional de
Magos. Los tiempos peligrosos favorecen
a los hombres peligrosos.

Dumbledore se da la vuelta y comienza a abrirse camino por el Gran Salón. La imagen de Bután comienza a desvanecerse en humo a sus espaldas.

Los demás lo siguen con la mirada.

DUMBLEDORE (CONTINÚA)
Por cierto, cenaremos con mi hermano
en el pueblo. Si necesitan algo antes,
Minerva estará aquí.

Mientras Dumbledore sale, Lally se inclina hacia los demás y habla en voz baja.

> **LALLY**
> ¿Dumbledore tiene un hermano?

64 INT. CABEZA DE PUERCO, NOCHE

Aberforth ofrece al Qilin un cuenco de leche. Al instante, el Qilin se endereza y emite toda clase de sonidos de felicidad mientras se inclina a sorber la leche. Bunty lo observa.

En ese momento, la puerta frontal SE SACUDE, y el viento y un poco de nieve dispersa entran a la cantina. El sonido de VOCES y PASOS DE BOTAS antecede la entrada de Dumbledore, Newt, Theseus, Lally y Jacob.

> **NEWT**
> Bunty, estás aquí.

> **BUNTY**
> Sí.

> **NEWT**
> ¿Cómo está?

> **BUNTY**
> Está bien.

Newt se agacha y un Niffler corre hacia él.

NEWT

¿Ahora qué hizo Alfie? No habrás mordido
el trasero de Timothy otra vez, ¿eh?

DUMBLEDORE

Señorita Broadacre, confío en que mi
hermano haya sido un buen anfitrión.

BUNTY

Sí, es muy amable.

Dumbledore dirige una mirada fugaz a su hermano.

DUMBLEDORE

Me alegra escucharlo. Tienen habitaciones
reservadas en el pueblo y Aberforth les
preparará una cena deliciosa. Su propia
receta.

CORTE A:

65 INT. CABEZA DE PUERCO, MÁS TARDE, NOCHE

*¡PLOP! Aberforth, con una olla grasienta en la mano, SIRVE
un espeso ESTOFADO grisáceo en los cuencos despostillados
dispuestos ante el grupo en una larga mesa.*

ABERFORTH
Hay más si quieren.

Los demás miran sus cuencos con desagrado, mientras Aberforth se dirige a las escaleras.

BUNTY
Gracias. Gracias.

Aberforth se detiene y mira con seriedad a Bunty, que sonríe; Aberforth asiente y continúa subiendo.

THESEUS
Increíble. Nada que se viera así de
asqueroso me había sabido tan delicioso.

El Qilin BALA de placer. Todos hunden sus cucharas en sus cuencos.

JACOB
¿Quién es este pequeñín? ¿Te importa?

Newt mira cómo Jacob forcejea con el Qilin por el estofado de su cuenco.

NEWT

Es una Qilin, Jacob. Es extremadamente
rara. Una de las criaturas más apreciadas
del mundo mágico.

JACOB

¿Por qué?

NEWT

Porque puede ver dentro de tu alma.

JACOB

Estás bromeando.

NEWT
(niega con la cabeza)
No. Si eres bueno y noble, ella lo verá.
Pero, si por el contrario, eres cruel y
mentiroso, también lo sabrá.

JACOB

¿Ah, sí? ¿Te lo acaba de decir o...?

NEWT

No exactamente.

LALLY
Se reverencia, pero sólo en presencia de
alguien puro de corazón.

Jacob mira a Lally, embelesado.

LALLY (CONTINÚA)
Casi ninguno lo somos, por supuesto,
no importa qué tan buenas personas
intentemos ser. De hecho, hubo una
época, hace muchos años, cuando las
Qilins elegían quién nos guiaría.

*Jacob toma su cuenco y camina hacia el cuenco de leche del
Qilin. El Qilin bailotea a su alrededor. Jacob sirve un poco de
estofado en el cuenco del Qilin.*

*Newt sonríe, disfrutando el momento, cuando, de pronto, ve el
espejo. Aparecen palabras, una a una:*

QUIERO VOLVER A CASA

66 **INT. CUARTO SUPERIOR, CABEZA DE PUERCO, MOMENTOS DES-
PUÉS, NOCHE**

*En el interior, Dumbledore y Aberforth están sentados frente
a frente; hablan en voz baja, pero su postura sugiere que la
discusión es tensa.*

DUMBLEDORE

Ven conmigo. Te ayudaré. Es tu
hijo, Aberforth. Te necesita.

*Vemos que el punto de vista es el de Newt. Comienza a darse la
vuelta cuando nota algo en la mano de Aberforth: una PLUMA
cubierta de CENIZA, que oscurece .los dedos de Aberforth
cuando la toca. Una PLUMA DE FÉNIX.*

DUMBLEDORE (CONTINÚA)

Newt.

*Aberforth pasa junto a Newt en silencio, aún con la pluma en
la mano.*

DUMBLEDORE (CONTINÚA)

(a Newt)

Entra.

Newt entra.

NEWT

Albus, hay un mensaje en el espejo
de abajo.

DUMBLEDORE

Cierra la puerta.

Newt cierra la puerta y se vuelve hacia Dumbledore.

DUMBLEDORE (CONTINÚA)

Es de Credence, Newt. El verano que
Gellert y yo nos enamoramos, mi
hermano también se enamoró de
una chica del Valle. La enviaron
lejos. Hubo rumores sobre un niño.

NEWT

¿Credence?

DUMBLEDORE

Es un Dumbledore. Si hubiera sido
un mejor amigo para Aberforth, un
mejor hermano, tal vez habría confiado
en mí. Tal vez las cosas hubieran sido
diferentes, y este chico podría haber
sido parte de nuestras vidas, de nuestra
familia.

(una pausa)

No podemos salvar a Credence, sé que
lo sabes. Pero él aún puede salvarnos.

Mientras Newt reacciona, Dumbledore levanta la mano, con los dedos manchados de hollín.

> **DUMBLEDORE (CONTINÚA)**
> Ceniza de fénix. El ave está con él porque se está muriendo, Newt. Conozco las señales.
> *(fuera de la vista de Newt)*
> Verás... mi hermana era una Obscurial.

Newt mira a Dumbledore, aturdido.

> **DUMBLEDORE (CONTINÚA)**
> Y como Credence, nunca aprendió a expresar su magia. Con el tiempo se oscureció y comenzó a envenenarla.

Dumbledore mira la pintura.

> **DUMBLEDORE (CONTINÚA)**
> Lo peor de todo es que no pudimos aliviar su dolor.

> **NEWT**
> ¿Me puedes decir cómo... o por qué llegó su fin?

THE
DUMBLEDORE
FAMILY
TREE

The Dumbledores originally lived in Mould-on-the-Wold, but moved to Godric's Hollow after Percival Dumbledore was sent to Azkaban for attacking Muggles he did not inform the authorities that his actions were in retaliation for the Muggles' traumatising attack on his daughter, Ariana. The Dumbledores were the subject of much gossip, since Ariana was rarely seen, and a fist fight broke out at her funeral between her older brothers

PERCIVAL DUMBLEDORE
ɪVꝒꝒꝒꞮXꞮ

KENDRA (DUMBLEDORE)
ɪVꝒꝒVX - ɪVꝒꝒꞮXꞮX

ALBUS DUMBLEDORE
ɪVꝒꝒVꝒꝒꞮ

ABERFORTH DUMBLEDORE
ɪVꝒꝒVꝒꝒꝒ

ARIANA DUMBLEDORE
ɪVꝒꝒVꝒꝒV - ɪVꝒꝒꞮXꞮX

The Dumbledores Nullam lobortis ullamcorper purus eget semper purus dignissim quis Proin et tortor nisl. Sed nec massa volutpat diam tempus hendrerit. Donec vitae nisl ligula. Curabitur sit amet lacus lacinia ultrices enim quis ornare nisl. Ut nec tincidunt ipsum, vel ultricies tortor. Sed feugiat consectetur ultrices. Aenean nibh massa ultricies id odio sit amet placerat tristique est. Cras tincidunt sit amet nibh sit amet consequat. Pellentesque sollicitudin dignissim lacus sed sagittis est molestie vel. Sed sodales convallis neque vitae molestie mi feugiat venenatis. Ut id aliquet erat a aliquet tortor.

Mauris accumsan, ligula sit amet eleifend suscipit diam lacus tempus enim, nec luctus dolor velit sit amet lacus. Sed in pellentesque dui. Praesent lacus tellus semper non lacus at, dictum condimentum massa. The Dumbledores venenatis sem a bibendum eleifend lacus metus commodo erat ut con-

consequat odio lorem nec nisl. Proin vitae volutpat felis. Nulla et dolor consequat erat faucibus viverra vel sit amet tortor. Nam metus justo semper sed consectetur at convallis at The Dumbledores mi. Duis in odio sagittis vestibulum odio ut ullamcorper ante. Nullam in rutrum risus et ullamcorper quam. Vestibulum sit amet egestas elit a mattis quam.

The Dumbledores vehicula elementum. Donec feugiat justo ac tempor scelerisque. Proin tincidunt et ipsum non lacinia. Suspendisse venenatis libero quis efficitur placerat velit ipsum convallis velit, quis egestas felis erat eu justo The Dumbledores Vestibulum at finibus nunc. Nam sed facilisis dui, vel dictum ipsum. Curabitur nec fermentum sapien Phasellus tortor The Dumbledores leo facilisis quis eros in, interdum placerat tortor. Duis in odio sagittis vestibulum odio ut ullamcorper ante. Nullam in rutrum risus et ullamcorper quam. ed facilisis dui.

(*derecha*) ESCUDO FAMILIAR DE LOS DUMBLEDORE

(*arriba*) ÁRBOL GENEALÓGICO DE LOS DUMBLEDORE

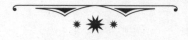

DUMBLEDORE

Gellert y yo habíamos hecho planes para huir juntos. Mi hermano no lo aprobó. Una noche nos enfrentó. Discutimos y nos amenazamos. Aberforth sacó su varita, lo cual fue una estupidez. Y yo saqué la mía, lo que fue aún más estúpido. Gellert sólo se rio. No escuchamos que Ariana bajaba las escaleras.

Los ojos de Dumbledore destellan al mirar la pintura.

DUMBLEDORE (CONTINÚA)

No sé si fue mi hechizo. En realidad no importa. Estaba ahí y en un momento desapareció.

Su voz se apaga.

NEWT

Lo siento mucho, Albus. Pero si te sirve de consuelo, tal vez se ahorró el dolor...

DUMBLEDORE

No lo hagas. No me decepciones, Newt. Tú menos que nadie. Tu honestidad es un don, aunque a veces sea doloroso.

Newt observa a Dumbledore mientras éste vuelve a mirar fijamente la pintura.

DUMBLEDORE (CONTINÚA)
Nuestros amigos estarán cansados
y querrán irse a casa. Deberías irte.

Newt comienza a marcharse, pero se detiene justo antes de llegar a la puerta.

NEWT
Albus, Lally dijo algo sobre que la
mayoría somos imperfectos. Pero
incluso si cometemos errores o
hacemos cosas terribles, podemos
intentar arreglar las cosas. Y eso
es lo que importa: intentarlo.

Dumbledore no se da la vuelta, sólo mira la pintura.

67 EXT. CASTILLO DE NURMENGARD, TARDE

La cámara se mueve en círculos por el cielo gris pizarra sobre el castillo. Muy abajo, vemos un EJÉRCITO DE FIGURAS VESTIDAS DE NEGRO. Mientras Grindelwald y Credence avanzan hacia el castillo, las figuras se apartan. Al llegar a la entrada, Grindelwald se da la vuelta y las contempla.

GRINDELWALD

Nuestro momento se acerca, hermanos
y hermanas. Terminaron los días de
esconderse. El mundo escuchará nuestra
voz. Y será ensordecedora.

Un RUGIDO se alza entre la multitud. Grindelwald esboza una débil sonrisa; luego fija los ojos en Kama, que está de pie a un lado frente a los Acólitos que vitorean, y de algún modo es parte de la multitud y, al mismo tiempo, está separado de ésta. Grindelwald se le acerca y, para sorpresa de Kama, toma su rostro entre ambas manos.

GRINDELWALD (CONTINÚA)

No estás aquí para traicionar a Dumbledore.
Tu corazón pura sangre sabe que su
lugar está aquí. Creer en mí es creer en sí
mismo.

Mira fijamente a los ojos de Kama un momento más y lo acompaña hacia la multitud, empujándolo con suavidad hacia las tropas reunidas.

GRINDELWALD (CONTINÚA)

Demuestre su lealtad, señor Kama.

Lo suelta, para luego volverse hacia el castillo.

HISTÓRICAMENTE, la gente no ha tratado bien a los magos y brujas. Y, sólo para compartir mi propia visión sobre la historia de Grindelwald, tengo la impresión de que, a muy temprana edad, experimentó algo imperdonable, o incluso extremadamente brutal, y fue entonces que nació su odio por los muggles. Este odio fue volviéndose más y más fuerte, y cada día que pasaba confirmaba su creencia de que no hay nada bueno en los muggles.

—MADS MIKKELSEN
(Gellert Grindelwald)

68 INT. BODEGA, NURMENGARD, MOMENTOS DESPUÉS, TARDE

ACERCAMIENTO: EL QILIN MUERTO.

La cabeza de la criatura inerte cae hacia un lado y revela la herida que le atraviesa la garganta.

... BAJO EL AGUA, miramos hacia arriba, a una superficie extraña y ondulante. Todo está sumido en un inquietante SILENCIO, como un sueño, y entonces aparece una FIGURA, indistinta en el líquido, que lleva algo en los brazos. La figura SUMERGE las manos en el agua, y el rostro del QILIN MUERTO gira hacia nosotros. De su garganta lacerada mana sangre.

NUEVO ÁNGULO: GRINDELWALD

Está de pie en una piscina con el agua hasta la cintura y las mangas de la camisa recogidas arriba de los codos; sostiene al Qilin bajo el agua mientras murmura indistintamente. Espera a que el agua se calme, y SUSURRA:

> GRINDELWALD
> *Rennervate...*

Credence, Vogel y Rosier observan desde las sombras.

Con gran gentileza, Grindelwald pasa los dedos sobre la garganta del Qilin, reparando la carne. Surgen BURBUJAS en la

piscina. *La cabeza del Qilin rompe la superficie y CHILLA.*
Grindelwald lo levanta del agua.

> GRINDELWALD (CONTINÚA)
> *Vulnera Sanentur…*

Mientras las cicatrices se desvanecen bajo los dedos de Grin-
delwald, el Qilin vuelve la cabeza hacia él, con los ojos aún
perturbadoramente vacíos, pero con un aspecto, por lo demás,
íntegro y sano.

Grindelwald sonríe y lo acaricia.

> GRINDELWALD (CONTINÚA)
> Eso es. Muy bien. Eso es.
> > *(sin volverse)*
> Ven, mira.

Vogel aparta la mirada y se queda quieto, pero Credence sale de
las sombras y se acerca a la orilla de la piscina.

> GRINDELWALD
> Por eso somos especiales. Ocultar nuestros
> poderes no es sólo una ofensa hacia
> nosotros mismos, es un pecado.

Grindelwald deposita el Qilin a un lado de la piscina, donde
éste se queda en pie. Credence, embrujado, examina al Qilin
recién renacido. Complacido por la reacción de Credence,

Grindelwald mira al Qilin de nuevo... y entonces se detiene y su sonrisa desaparece. Una SOMBRA PÁLIDA, idéntica al Qilin que tiene en las manos, aparece un momento en las corrientes del agua. La mirada de Grindelwald se endurece.

> GRINDELWALD (CONTINÚA)
> ¿Hubo otra?

> CREDENCE
> ¿Otra?

> GRINDELWALD
> Esa noche, ¿hubo otra Qilin?

En las sombras, Vogel se da la vuelta y mira hacia la piscina. Grindelwald tiene los ojos entrecerrados de furia. Credence, con el rostro pálido y enfermo, luce repentinamente inquieto.

> CREDENCE
> No lo creo...

Con escalofriante rapidez, Grindelwald arroja a Credence desde la piscina con una potente descarga de agua y lo sujeta contra la pared. Grindelwald aparece y desaparece desde el agua, con los dedos sobre la garganta y la cara de Credence. Sus ojos destellan de furia.

> GRINDELWALD
> Ya me fallaste dos veces. ¿No comprendes
> el peligro en el que me pones?

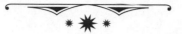
Credence permanece inmóvil como un niño aterrado bajo las manos de Grindelwald.

GRINDELWALD (CONTINÚA)
Tienes una última oportunidad. ¿Lo entiendes? Encuéntrala.

69 INT. CABEZA DE PUERCO, POR LA MAÑANA

Newt está dentro de su maleta.

Theseus está cargando al Qilin como si fuera un bebé.

Theseus le entrega el Qilin a Newt. Ambos son como dos padres amorosos. Theseus y Bunty observan mientras Newt deposita suavemente al Qilin en su maleta.

70 EXT. HOGWARTS, MISMO TIEMPO, POR LA MAÑANA

Una niebla se extiende sobre el terreno. El puente y el castillo reflejan un suave brillo a la luz de la mañana.

71 INT. CORREDOR DEL SÉPTIMO PISO, HOGWARTS, MISMO TIEMPO, POR LA MAÑANA

Seguimos a Lally, Newt, Theseus y Jacob hacia una ornamentada puerta que surge de la pared en el extremo del corredor.

IMAGEN HOGWARTS

72 INT. SALA DE LOS MENESTERES, MOMENTOS DESPUÉS, POR LA MAÑANA

Newt, Theseus, Lally y Jacob aparecen de pronto en una habitación escasamente amueblada.

Jacob, que luce absolutamente confundido, sigue la mirada de Newt hasta el extremo más lejano de la habitación, donde están CINCO MALETAS, idénticas a la de Newt, en círculo frente a una enorme y ornamentada RUEDA DE PLEGARIAS BUTANESA. Bunty está de pie junto a las maletas.

> **JACOB**
> Oye, Newt. ¿Dónde estamos?

> **NEWT**
> En la sala que necesitamos.

Dumbledore entra a cuadro con una zancada.

> **DUMBLEDORE**
> Espero que todos tengan las entradas que
> les dio Bunty.

Todos asienten. Jacob, diligente, levanta su entrada para que todos la vean.

> **DUMBLEDORE (CONTINÚA)**
> Las necesitarán para acceder a la ceremonia.

BOCETO DE LA ENTRADA PARA "LA MARCHA DEL QILIN"

La mirada de Dumbledore se mueve y nota a Newt, que mira fijamente el círculo de maletas.

DUMBLEDORE (CONTINÚA)
¿Qué piensas, Newt? ¿Sabes cuál es la tuya?

Newt mira un momento más y niega con la cabeza.

NEWT
No.

DUMBLEDORE
Perfecto. Me preocuparía si lo supieras.

LALLY
Supongo que la Qilin está en una de las maletas.

DUMBLEDORE
Sí.

LALLY
¿En cuál?

DUMBLEDORE
No lo sé.

JACOB

Es como adivinar dónde está el naipe que pensaste.

(mientras los otros lo miran)

O dónde quedó la bolita. Como una pequeña estafa.

(dándose por vencido)

Olvídenlo, es algo de los muggles.

DUMBLEDORE

Grindelwald hará todo lo posible para quitarnos a nuestra rara amiga. Así que es imprescindible que mantengamos a quienes mande a buscarla en la duda, para que la Qilin llegue a salvo a la ceremonia. Si a la hora del té la Qilin y todos nosotros seguimos vivos, consideremos nuestros esfuerzos como un éxito.

Dumbledore se pone el sombrero y se echa una bufanda al cuello.

JACOB

Por cierto, nadie ha muerto jugando a adivinar el naipe.

DUMBLEDORE

Una diferencia importante. Muy bien, elijan una maleta y vámonos. Señor Kowalski, usted y yo nos iremos primero.

IMAGEN DE SEIS MALETAS APILADAS

JACOB

¿Yo? Está bien.

Jacob da un paso al frente, elige una maleta y se detiene al ver que Dumbledore carraspea y niega con la cabeza, casi imperceptiblemente. Jacob elige otra maleta y señala. Dumbledore asiente y se da la vuelta.

Jacob recoge la maleta. Asiente. Mira a su alrededor. Frunce el ceño. No hay salida.

La rueda de plegarias butanesa destella ante Dumbledore. Éste extiende la mano, la toca, y un hermoso resplandor colma la habitación.

DUMBLEDORE (CONTINÚA)

Espero que me instruya un poco más
sobre el juego de adivinar el naipe.

Mira a Jacob y le tiende la mano.

JACOB

Por supuesto.

Jacob toma la mano de Dumbledore y juntos desaparecen en la rueda, que gira con rapidez.

Mientras desaparecen, los demás contemplan las maletas restantes.

BUNTY
Buena suerte para todos.

Newt da un paso al frente y toma una maleta.

NEWT
Buena suerte.

Newt desaparece.

LALLY
Para ti también, chica Bunty.

Lally avanza, toma otra maleta y desaparece.

THESEUS
Nos vemos, Bunty.

Theseus avanza y toma otra maleta, para luego desaparecer en la rueda.

Bunty respira profundo y toma la última maleta. Camina hacia la rueda de plegarias y desaparece.

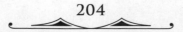

73 EXT. BASE DEL EDIFICIO EN LAS ALTURAS, BUTÁN, DÍA

*A lo lejos se alzan verdes montañas, y en lo más alto, empla-
zado casi en el cielo mismo, vemos el edificio.*

*Una multitud está reunida en la base de una enorme escalinata
que sube hacia el cielo, y en cuya cúspide se encuentra el magnífico edificio. Una figura está de pie frente a una jaula dorada
colocada junto a la escalinata.*

> VOGEL
> Nosotros, los líderes, sabemos que
> estamos en un mundo dividido.
> Todos los días se habla sobre otra
> conspiración.

*Vemos el discurso de Vogel proyectado en los Ministerios de
Magia de todo el mundo.*

> VOGEL (CONTINÚA)
> Cada hora, otro oscuro rumor. Rumores
> que han aumentado durante los últimos
> días con la incorporación del tercer
> candidato. Sólo hay una forma de alejar
> cualquier duda de que existe un
> candidato digno entre los tres.

MAQUETA DEL EDIFICIO EN LAS ALTURAS

THE WALK OF THE QILIN

Vogel entra a la jaula dorada y sale cargando algo en brazos. Cuando vuelve a su lugar y revela lentamente lo que lleva, la multitud se queda SIN ALIENTO.

Un Qilin.

VOGEL (CONTINÚA)

Como cualquier estudiante sabe, la Qilin es la criatura más pura de nuestro maravilloso mundo mágico. No se le puede engañar.

(sosteniéndolo ante sí)

Dejemos que la Qilin nos una.

74   EXT. AZOTEAS, BUTÁN, DÍA

Atravesamos capas de nubes hasta ver una aldea y una serie de techos con terrazas, donde aparecen figuras oscuras. Rosier está de pie a la cabeza de un grupo y Helmut a la cabeza del otro. Escudriñan las calles a sus pies, buscando con la mirada entre las multitudes.

75   EXT. CALLE, BUTÁN, MISMO TIEMPO, DÍA

Bamboleándose con un grupo de partidarios de Santos, maleta en mano, está Jacob, y a su lado, quieto, Dumbledore. Ante ellos, un enorme PENDÓN con la efigie de Santos se retuerce sobre los mástiles que lo sostienen, mientras los partidarios marchan hacia la montaña más allá de la ciudad.

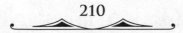

Justo entonces, Dumbledore posa la mirada sobre un grupo de Aurores Oscuros que lo siguen de cerca, y se agacha y vira bruscamente hacia un callejón, llevando a Jacob consigo. Desaparecen y aparecen por una puerta detrás de sus perseguidores y así los eluden.

DUMBLEDORE
Ven.

JACOB
¿A dónde iremos?

DUMBLEDORE
Aquí nos separamos.

JACOB
Lo siento, ¿cómo? ¿Me dejará aquí?

Dumbledore se quita la bufanda.

DUMBLEDORE
Tengo que verme con alguien, señor
Kowalski. No se preocupe, estará a salvo.

Dumbledore arroja la bufanda al aire. Mientras flota, la bufanda se transforma en una cortina. Dumbledore se vuelve hacia Jacob.

MAQUETA DE BUTÁN

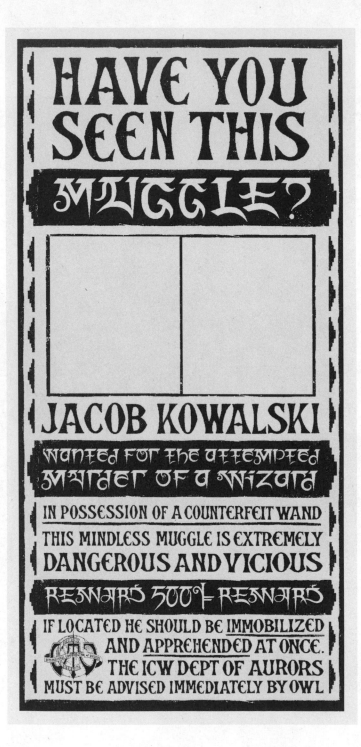

GRÁFICA PRELIMINAR PARA CARTEL DE SE BUSCA, CON ESPACIO
EN BLANCO PARA FOTOGRAFÍAS MÓVILES DE JACOB KOWALSKI

DUMBLEDORE (CONTINÚA)

Usted no tiene la Qilin. Siéntase
libre de dejar la maleta al primer
indicio de problemas.
(se detiene)
Otra cosa, si me permite. Debería
dejar de dudar de sí mismo. Tiene
algo que casi ningún hombre tiene.
¿Sabe lo que es?

Jacob niega con la cabeza.

DUMBLEDORE (CONTINÚA)

Un corazón lleno. Sólo un hombre
realmente valiente podría abrirse tan
honesta y completamente, como
usted lo hace.

Con esto, Dumbledore se despide con el sombrero y desaparece.

76 EXT. CALLE, BUTÁN, MISMO TIEMPO, DÍA

*Newt avanza con rapidez, esforzándose por no llamar la aten-
ción. Ve algo y se detiene. Se da la vuelta.*

Nadie.

MAQUETA DE BUTÁN

77   EXT. CALLE ESTRECHA, BUTÁN, MISMO TIEMPO, DÍA

Theseus avanza con cautela, sujetando su maleta con fuerza.

78   EXT. CALLE ESTRECHA, BUTÁN, MISMO TIEMPO, DÍA

*Newt avanza por la aldea. Una FIGURA CON CAPA VERDE
entra a cuadro.*

79   EXT. CALLE, BUTÁN, MISMO TIEMPO, DÍA

*Seguimos una maleta: la de Lally, que avanza deprisa. Al
mirar hacia adelante, ve aurores. Se mete a un callejón y se
pierde de vista.*

80   EXT. CALLE, BUTÁN, MISMO TIEMPO, DÍA

*Theseus avanza con cautela por un estrecho pasadizo. Vemos
figuras que se mueven en los techos sobre él. Más adelante, ve
dos aurores y saca su varita.*

81   EXT. CALLEJUELAS, BUTÁN, MISMO TIEMPO, DÍA

*Lally avanza con rapidez, mirando por encima de su hombro,
cuando…*

82 EXT. INTERSECCIÓN, CALLEJUELAS, BUTÁN, MISMO TIEMPO, DÍA

… se reúne con Theseus en la intersección de sus respectivas calles. Ambos se giran, levantan las varitas… y se reconocen. Entonces, a un tiempo, miran en derredor. Los rodean por todas partes AURORES OSCUROS.

Lally y Theseus esquivan y bloquean ataques y se baten a duelo con los Aurores Oscuros por todos lados, retirándose escalones arriba mientras disparan una ráfaga de contrahechizos y encantamientos.

Lally aturde a tres Aurores Oscuros, y Theseus a otros seis. Lally hace levitar una docena de bolas de cristal y las hace caer en cascada hacia los aurores mientras Theseus aturde a un Auror Oscuro ubicado en un balcón sobre sus cabezas. Lally se da la vuelta e incapacita a otro, envolviéndolo en tela para luego arrojar a un auror contra un muro y aprisionarlo allí, como en un retrato.

Los aurores quedan tirados en la calle ante ellos. Sin embargo, su victoria es breve, pues aparecen dos varitas que apuntan hacia sus nucas…

> HELMUT
> Las maletas, por favor.

Helmut está de pie a sus espaldas, flanqueado por dos Aurores Oscuros.

MAQUETA DE BUTÁN

83 EXT. CALLEJONES/ESCALONES DE PIEDRA, BUTÁN, MISMO TIEMPO, DÍA

Newt dobla una esquina y, a lo lejos, ve surgir a dos aurores.

Un poco más adelante, ve a alguien más.

>   JACOB
>   Oigan, amigos.

Los aurores se dan la vuelta, y PUM, Jacob los derriba a ambos con un golpe de su maleta y echa a correr. Los aurores se recuperan y lo persiguen.

84 EXT. CALLEJÓN ESTRECHO QUE CONDUCE HACIA ARRIBA, MISMO TIEMPO, DÍA

Jacob dobla una esquina, trastabillando, y corre por unos escalones empinados y estrechos. Momentos después, sus perseguidores entran a cuadro, se detienen y miran hacia arriba.

Vacío.

Excepto por la maleta de Jacob.

85 EXT. CALLEJUELAS, BUTÁN, MISMO TIEMPO, DÍA

Helmut y sus hombres toman las maletas de Lally y Theseus y las ponen en el suelo. Un Auror Oscuro apunta con su varita. Helmut levanta la mano.

> **HELMUT**
> Espera. Ábrelas y asegúrate de que
> esté ahí. Idiotas.

El auror atrapado en el muro golpea con los puños pidiendo que lo liberen. Con un suspiro, Helmut levanta la varita y lo libera, haciéndolo caer al suelo con un golpe seco.

Lally y Theseus miran las maletas.

86 EXT. CALLEJUELAS, BUTÁN, MISMO DÍA

Uno de los perseguidores de Jacob se acerca a la maleta abandonada, vacilante.

Ante la mirada de Lally y Theseus, dos de los Aurores Oscuros de Helmut se arrodillan junto a las maletas.

¡POP! La maleta de Jacob se abre y REVELA... PASTELILLOS POLACOS.

Las maletas de Lally y Theseus se abren, revelando LIBROS y la SNITCH DORADA.

MAQUETA DE BUTÁN

El Auror Oscuro agachado sobre la maleta de Jacob toma un paczki y lo inspecciona.

Mientras la Snitch Dorada sube ZUMBANDO, Helmut la ve elevarse sobre los techos circundantes, cuando:

¡WHOOSH!

Los libros salen de la maleta de Lally y envuelven a los Aurores Oscuros, momificándolos en un vendaval de papel.

La maleta de Jacob hace erupción con miles de pastelillos, que caen en una ola que arrastra a los Aurores Oscuros por la escalinata y se los lleva lejos.

El Monstruoso libro de los monstruos *ataca mientras las Bludgers salen de la maleta de Theseus y se lanzan contra los Aurores Oscuros que están en el callejón y en las azoteas.*

Helmut, furioso, se arranca una tira de papel de la cara, sólo para descubrir, entre el caos, que Lally y Theseus han escapado.

87 EXT. CALLES/CALLEJONES, BUTÁN, MISMO TIEMPO, DÍA

Dumbledore avanza con rapidez, mirando hacia una azotea cercana mientras las Bludgers caen sobre los aurores y los derriban. Una Snitch baja zumbando hacia Dumbledore, que la atrapa en el aire y la guarda en su bolsillo. De pronto, una figura se le une desde un callejón y se coloca detrás de él.

Aberforth, que no detiene su marcha.

ABERFORTH
¿Cuánto tiempo le queda?

EL FÉNIX VUELA EN LO ALTO...

88 EXT. CALLE, BUTÁN, DÍA

... deslizándose sobre la multitud.

NUEVO ÁNGULO: A NIVEL DE LA CALLE

Credence, más pálido que nunca, avanza atropelladamente entre la jubilosa multitud de partidarios de Liu. Debilitado y adolorido, se detiene y se apoya en una columna, para luego reunir fuerzas una vez más y seguir avanzando.

89 EXT. CALLEJÓN ESTRECHO QUE LLEVA HACIA ARRIBA, BUTÁN, DÍA

Jacob, ya sin maleta, camina por un estrecho callejón. Sale a una calle. Pasa junto a una FIGURA CON CAPA VERDE cuando otra figura se acerca y le sujeta la mano con fuerza...

... apartándolo hacia una calle lateral, fuera de la calle principal.

QUEENIE
Estás en peligro, ¿entiendes? Debes irte.

CREDENCE, como muchos personajes de Jo, anhela pertenecer. Y siente en su corazón que no puede contar con Grindelwald. Además, está muy enfermo: el Obscurus parece apoderarse de él cada vez más. Así que, mientras enfrenta su propia mortalidad, intenta descubrir a dónde pertenece en este momento de su vida.

—DAVID HEYMAN

(Productor)

JACOB

Pero...

Cuando Jacob empieza a hablar, Queenie le pone un dedo sobre los labios.

QUEENIE

No puedo irme contigo, ¿de acuerdo?
No puedo volver a casa. Es muy tarde
para mí. Algunos errores son demasiado
grandes.

Jacob aparta su mano.

JACOB

¿Puedes escucharme?

QUEENIE

No hay tiempo. Me están siguiendo.
No pasará mucho tiempo antes de que
me encuentren.
     (se le quiebra la voz)
De que nos encuentren.

JACOB

No me importa. Tú y yo somos todo
lo que tengo. Sin ti no soy nada.

QUEENIE
Jacob, ¿qué? Vamos, ya no te quiero.
Vete de aquí.

JACOB
Eres la peor mentirosa del mundo,
Queenie Goldstein.

Justo entonces, las CAMPANAS DE LA IGLESIA redoblan con suavidad.

JACOB (CONTINÚA)
¿Oyes eso? Es una señal.

Ella se detiene y lo mira con furia. Él le sostiene la mirada.

Jacob toma la mano de Queenie en la suya y la acerca a sí.

JACOB (CONTINÚA)
Ven aquí. Cierra los ojos. Por favor,
cierra los ojos. ¿Sabes qué me dijo
Dumbledore? Que tengo un corazón
lleno. Pero se equivoca. Siempre tendré
espacio para ti en él.

QUEENIE
¿Sí?

JACOB

Mírame, Queenie Goldstein.

Mientras una lágrima rueda por la mejilla de Queenie, ambos miran hacia arriba y ven unas FIGURAS que los rodean.

90 EXT. PUENTE, BUTÁN, MISMO TIEMPO, DÍA

Newt mira a los partidarios de Santos que cruzan un PUENTE que sube hacia el cielo y desparecen en un portal a medio camino. Sujeta su maleta con más fuerza y avanza, mezclándose con la multitud.

Desde ese punto, la montaña se alza imponente, con la cúspide envuelta en densas nubes.

Newt se abre camino sobre el puente, hacia el portal. Al atravesarlo, desaparece.

91 EXT. BASE DEL EDIFICIO EN LAS ALTURAS, BUTÁN, DÍA

En la base del edificio en las alturas, vemos unos enormes escalones que suben hacia las nubes, y hacia el edificio. La cámara baja para revelar a Newt, que avanza a zancadas, decidido, hacia los escalones.

Adelante, una figura solitaria, Fischer, está inmóvil. Se vuelve y fija la mirada en Newt. Su postura tiene algo de ominoso.

MAQUETA DEL EDIFICIO EN LAS ALTURAS

MAQUETA DE BUTÁN

Newt considera desviarse, pero sólo hay un camino hacia arriba. Entonces…

> **FISCHER**
> Señor Scamander. No nos han presentado. Henrietta Fischer… consejera del señor Vogel.

> **NEWT**
> Sí… hola.

Ella señala hacia las nubes con la cabeza.

> **FISCHER**
> Yo puedo acompañarlo. Hay una entrada privada para los miembros del Consejo Supremo. Sígame.

Newt no se mueve, y la mira con escepticismo.

> **NEWT**
> ¿Por qué lo haría? ¿Por qué me acompañaría?

> **FISCHER**
> ¿No le parece obvio?

> **NEWT**
> No, francamente, no.

FISCHER

Dumbledore me envió.

(la maleta)

Sé lo que tiene en la maleta, señor
Scamander.

Mientras Fischer entrecierra los ojos, una multitud de entusiastas partidarios de Santos, Liu y Grindelwald entra a cuadro. La mano de Fischer, rápida como una serpiente, sujeta la de Newt, donde tiene agarrada la maleta. Se miran, y Newt intenta liberar la maleta mientras la multitud converge. Continúan forcejeando por el control de la maleta mientras la multitud los arrastra a la mitad de la plaza, donde los rodean caras felices y voces que aclaman.

¡FLASH! Un rayo de fuego alcanza a Newt detrás de la oreja. Newt cae. Aparece Zabini, de pie entre la multitud, mirándolo, con su varita HUMEANTE en la mano. Fischer sonríe y se da la vuelta, cargando la maleta.

92 **EXT. PUENTE, BUTÁN, MISMO TIEMPO**

Theseus se pasea nervioso mientras Lally espera. El puente ya está casi desierto. Una NOTA, como de CLARÍN, resuena sobre la ciudad.

LALLY

Llegará en cualquier momento.

Más adelante aparecen Kama y un grupo de Aurores Oscuros, que se dirigen hacia ellos. Los Aurores Oscuros levantan sus varitas. Kama avanza entre los aurores.

De pronto, Kama se agacha y clava su varita en la tierra, liberando una pulsación de magia que aturde a los aurores, dejándolos inconscientes al instante.

THESEUS
¿Por qué te demoraste?

Theseus, Lally y Kama caminan hacia el puente y desaparecen.

93 EXT. BASE DEL EDIFICIO EN LAS ALTURAS, BUTÁN, DÍA

Newt vuelve en sí y, frenético, mira a su alrededor mientras la multitud lo zarandea...

Ve a Fischer, que va subiendo por las escaleras más adelante.

Sobre los partidarios y votantes se alzan gigantescos PENDONES que funcionan como PANTALLAS para transmitir la ceremonia que se celebra arriba. Mientras Newt mira el pendón, Vogel aparece en la imagen.

VOGEL
Agradezco las palabras de los candidatos.

94 EXT. EDIFICIO EN LAS ALTURAS, BUTÁN, CONTINUO, DÍA

Liu, Santos y Grindelwald están de pie, lado a lado.

> VOGEL
> Cada uno representa la visión de cómo
> no sólo moldearemos nuestro mundo,
> sino también el mundo no mágico. Lo
> que nos lleva a la parte más importante
> de nuestra ceremonia el andar de la
> Qilin.

Sacan un Qilin.

CORTE A:

95 EXT. EDIFICIO EN LAS ALTURAS, BUTÁN, MISMO TIEMPO, DÍA

Newt llega a los enormes escalones que suben hasta el edificio, y ve una diminuta figura que avanza más arriba, con su maleta: Fischer.

Mientras sube por los escalones, mira hacia los pendones y ve que están poniendo al Qilin ante Grindelwald, Liu y Santos.

Una RÁPIDA VUELTA AL MUNDO, conforme los dignatarios de los MINISTERIOS DE MAGIA, en EUROPA y en otros lugares, miran la ceremonia.

En la pantalla, el Qilin avanza vacilante hacia los candidatos. Cuando el Qilin avanza hacia Grindelwald, Liu y Santos intercambian una mirada.

Newt corre hacia Fischer, que simplemente voltea a verlo y no hace ningún esfuerzo por apartarse.

El Qilin se detiene ante Grindelwald y lo mira.

Fischer extiende la maleta. Newt la contempla, perplejo por su actitud, y extiende la mano. Al contacto de sus dedos, la maleta se convierte en polvo. Presa del pánico, Newt mira cómo las partículas flotan en el aire. Mira a Fischer, que sigue sonriendo.

Mientras el polvo se eleva, los pendones revelan a Grindelwald y al Qilin.

El Qilin se inclina ante Grindelwald. Por un momento, hay un pesado silencio.

VOGEL

La Qilin ha visto. Ha visto la bondad
y la fuerza, cualidades esenciales
para dirigirnos y guiarnos. ¿A quién
ven ustedes?

Los magos y brujas reunidos lanzan sus varitas al aire. Estallan HECHIZOS. Los TRES COLORES de Liu, Santos y Grindelwald se elevan al cielo y se funden en uno: el verde de Grindelwald.

Newt sigue atónito.

Grindelwald se regodea en la adulación.

> VOGEL (CONTINÚA)
> Gellert Grindelwald es el nuevo líder
> del mundo mágico por aclamación.

Mientras la multitud RUGE, los Acólitos a ambos lados de Newt lo empujan escaleras arriba. Grindelwald asiente hacia Rosier, que trae a Queenie y a Jacob.

Newt trata de abrirse paso hacia Queenie y Jacob, pero los dos Acólitos lo apresan.

Rosier conduce a Jacob por los escalones y le entrega su varita de madera de serpiente a Grindelwald.

Grindelwald observa a la multitud, que espera, con todos los ojos fijos en él; luego señala a Jacob.

> GRINDELWALD
> Éste es el hombre que intentó quitarme
> la vida. Este hombre sin magia que
> quería casarse con una bruja, contaminar
> nuestra sangre y crear una unión
> prohibida que nos haría menos y nos
> debilitaría, como a los suyos. Él no
> está solo, amigos míos. Hay miles que

quieren hacer lo mismo. Sólo puede
haber una respuesta a tales alimañas.

Grindelwald tira la varita de Jacob y levanta la propia.

*Mientras Jacob se gira para enfrentarlo, Grindelwald le lanza
un hechizo que lo tira escaleras abajo y lo deja de espaldas a
los pies de Queenie.*

GRINDELWALD (CONTINÚA)
¡Crucio!

*El relámpago del hechizo hace que Jacob se retuerza de dolor a
los pies de Queenie.*

NEWT
¡No!

QUEENIE
¡Deténganlo!

GRINDELWALD
Nuestra guerra contra los muggles
comienza hoy.

Los PARTIDARIOS de Grindelwald VITOREAN salvajemente.

*Vemos a Lally, Theseus y Kama avanzando entre la multitud,
conmocionados.*

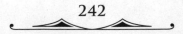

Jacob sigue retorciéndose de dolor en el suelo hasta que San-tos levanta su varita y quita la maldición Cruciatus. Aliviado, Jacob se reclina en los brazos de Queenie.

Grindelwald vuelve el rostro al cielo, regodeándose en su gloria.

Se queda así, disfrutando el momento, hasta que...

... ve al Fénix que vuela en círculos en las alturas. Una sola pluma de CENIZA cae en zigzag desde el cielo y se queda en su mejilla. La retira, y luce perturbado.

Grindelwald se da la vuelta, con los ojos entrecerrados, mien-tras una FIGURA surge desde los escalones...

Credence.

Grindelwald lo examina con interés mientras se acerca, débil pero desafiante. Credence se detiene ante Grindelwald y extiende la mano, como si fuera a acariciar su rostro; luego, unta la ceniza en su mejilla con los dedos. Aberforth y Dum-bledore emergen al fondo de la multitud mientras Credence se da la vuelta y habla a los dignatarios.

CREDENCE
Está mintiendo. Esa criatura está muerta.

Newt observa con tristeza al Qilin embrujado.

Credence, casi agotadas sus fuerzas, cae de rodillas.

Aberforth avanza para ayudarle, pero Dumbledore lo contiene con gentileza.

> **DUMBLEDORE**
> Ahora no. Espera.

Newt se libera de sus captores.

> **NEWT**
> Lo hizo para engañarlos. La mató y
> embrujó para que creyeran que él era
> digno de gobernar. Pero él no quiere
> guiarlos. Sólo quiere que lo sigan.

> **GRINDELWALD**
> Sólo son palabras. Palabras diseñadas
> para engañar. Para hacerlos dudar de lo
> que vieron sus ojos.

> **NEWT**
> Esa noche nacieron dos Qilins. Mellizas.
> Y lo sé. Lo sé...

> **GRINDELWALD**
> ¿Por qué? Porque no tienes pruebas.
> Porque no hubo una segunda Qilin.
> ¿O me equivoco?

NEWT
Asesinaron a su madre, él…

GRINDELWALD
Entonces, ¿dónde está, señor Scamander?

Grindelwald mira a Newt, triunfante, y luego su mirada se posa en una dignataria de capa verde…

Ella da un paso al frente, hacia la luz, con una MALETA en la mano, y se la entrega a Newt, que la mira, estupefacto.

La figura embozada levanta la mirada y se revela… es Bunty.

BUNTY
Nadie debe saberlo todo, Newt.
¿Recuerdas?

Bunty mira alrededor, súbita e incómodamente consciente de las solemnes personas presentes, y se aparta mientras Newt abre la tapa de la maleta.

Una pequeña cabeza sale y mira alrededor.

El Qilin.

Vogel observa, incrédulo, y dirige miradas nerviosas a Grindelwald, que también parece perturbado. Theseus y Lally intercambian miradas de perplejidad. Tina observa desde el

MINISTERIO ESTADOUNIDENSE. Newt, más perplejo que nadie, sonríe; luce aliviado, agradecido.

Ante la mirada de todos, el Qilin sale de la maleta y se pone en pie; parpadea confundido, tratando de orientarse. Entonces siente algo, se da la vuelta y ve:

Al Qilin embrujado, de pie al lado de Grindelwald.

Al instante, el Qilin emite un SUAVE LAMENTO; el sonido es desgarrador por su emoción pura, pero la expresión de su mellizo permanece incólume, sus ojos en blanco.

Newt se arrodilla junto al Qilin confundido.

NEWT

(en voz baja)

No puede escucharte, pequeña. Aquí no,
pero tal vez te escuche en algún lugar.

VOGEL

Ésta es la verdadera Qilin.

Vogel recoge al Qilin embrujado y se vuelve hacia todos los espectadores.

VOGEL (CONTINÚA)
Mírenla… Véanla con sus propios ojos.
Ésta es la verdadera…

Vacila cuando el Qilin que tiene en las manos se inclina hacia un lado, con los ojos oscuros y vacíos.

La bruja británica que vimos por última vez en Berlín da un paso al frente.

BRUJA BRITÁNICA
No podemos tolerarlo. La votación debe
repetirse. Vamos, Anton. Haz algo.

Vogel luce confundido y asustado.

El Qilin vivo está avanzando lentamente hacia Dumbledore

DUMBLEDORE
No, por favor.

El Qilin lo observa con atención, y sus ojos inquisitivos silencian a Dumbledore. El Qilin comienza a emitir un brillo y, lentamente, se inclina.

Newt observa con curiosidad y compasión.

DUMBLEDORE (CONTINÚA)
Es un honor.
(una pausa de preocupación)
Pero así como dos de ustedes nacieron
esa noche, aquí hay alguien más
igualmente valioso. Estoy seguro.

Dumbledore acaricia al Qilin.

DUMBLEDORE (CONTINÚA)
Gracias.

El Qilin observa a Dumbledore con curiosidad, para luego avanzar hacia Santos e inclinarse, mientras Grindelwald observa disgustado.

Grindelwald mira a Dumbledore, consumido por el momento, y levanta su varita hacia el Qilin. Credence, al ver que Grindelwald apunta hacia el Qilin, reúne las fuerzas que le quedan y se para ante él.

Con la velocidad del rayo, Grindelwald se da la vuelta y lanza un hechizo hacia CREDENCE, cuando…

… un BRILLANTE ESCUDO DE LUZ CEGADORA se materializa ante Credence, cortesía de…

… Dumbledore y Aberforth, que, por reflejo y por separado, han lanzado hechizos protectores.

Mientras el hechizo de Grindelwald alcanza el ESCUDO DE LUZ RESPLANDECIENTE, seguimos la mirada de Grindelwald por la trayectoria del hechizo y descubrimos...

... que su hechizo y el de Dumbledore se han entrelazado.

Como si fueran uno solo, sus miradas se cruzan; ambos están atónitos de verse atados al otro. Por un momento, permanecen así, conectados, cada uno drenando el poder del otro, y el mundo suspendido. Entonces:

La CADENA del pacto SE HACE PEDAZOS y el CRISTAL cae girando lentamente al piso. Grindelwald y Dumbledore observan cómo la luz del pacto comienza a PARPADEAR, y, con un DESTELLO, todo queda súbitamente en silencio... El mundo se queda QUIETO poco a poco, como si la rotación de la Tierra misma estuviera deteniéndose.

El pacto sigue girando con lentitud en el aire, y su centro se agrieta.

Los hechizos se evaporan. La mirada de Grindelwald y la de Dumbledore se encuentran, y ambos se dan cuenta, al mismo tiempo, de que se han emancipado.

Al instante, sus varitas se alzan, DESTELLANDO una y otra vez, disparo y bloqueo, disparo y bloqueo, en una vertiginosa —y catártica— muestra de poder. Conforme su batalla continúa, se acercan más y más entre sí, ambos incapaces de vencer

al otro, ninguno dispuesto a ceder, hasta que por fin, casi cara a cara, sus brazos se cruzan y...

Se detienen. Jadean. Tienen los ojos fijos en los del otro. Dumbledore extiende la mano y, con delicadeza, la posa en el corazón de Grindelwald. Grindelwald hace lo mismo: la mano en el corazón de Dumbledore.

Dumbledore agacha la cabeza y mira a los ojos a Grindelwald.

En ese momento, un FINO HILO de LUZ AMARILLA se alza hacia el cielo desde la multitud. Momentos después, otro HILO DE LUZ AMARILLA se le une. Luego otro.

Grindelwald observa, y su rostro delata un inminente terror.

Dumbledore mira cómo más hilos de luz se alzan hacia el cielo y, extrañamente conmovido, se da la vuelta, disponiéndose a volver al mundo congelado a sus espaldas.

Grindelwald se pone en pie, afligido.

GRINDELWALD
¿Quién te querrá ahora, Dumbledore?

El pacto de sangre cae al suelo.

CRAC.

Se parte en dos, y brota humo de su centro… El mundo comienza a girar sobre su eje una vez más y las figuras que rodean a Grindelwald y Dumbledore vuelven a la vida.

Dumbledore no mira atrás y deja solo a Grindelwald.

GRINDELWALD (CONTINÚA)
Estás completamente solo.

Al instante, un MILLAR de HILOS AMARILLOS LLENAN EL CIELO, todos bañados en una suave luz amarilla. Los MINISTERIOS DE MAGIA de todo el mundo, incluidos los de Brasil y Francia, aclaman a Santos y lanzan sus propios hechizos amarillos explosivos al aire. Grindelwald observa, derrotado.

Mira a aquellos que se le oponen, y que ahora avanzan unidos hacia él, encabezados por Santos y el Qilin, y apuntando hacia él con sus varitas.

Grindelwald desaparece para transportarse a la orilla, y queda de espaldas a un enorme precipicio. Rápidamente, alza un escudo a su alrededor mientras las personas frente a él le lanzan hechizos.

Pero sólo una persona le interesa: Dumbledore.

GRINDELWALD (CONTINÚA)
Nunca fui tu enemigo. Ni antes, ni
ahora.

Casi como UNO SOLO, los hechizos vuelan hacia Grindelwald, que, con una última mirada hacia Dumbledore… cae de espaldas y desaparece.

Theseus, Lally y Kama, seguidos de otras personas, corren al borde del precipicio para ver…

… que se ha ido.

Dumbledore aparta la mirada y ve a Aberforth, que tiene a Credence en brazos. Ahora Credence está débil y observa a Aberforth con curiosidad, con la cara bañada en luz amarilla.

CREDENCE

¿Alguna vez pensaste en mí?

ABERFORTH

Siempre. Ven a casa.

Aberforth extiende la mano y ayuda a su hijo a ponerse en pie. Mientras comienzan el descenso, Dumbledore mira cómo el Fénix alza el vuelo a sus espaldas y baja lentamente la montaña.

Newt mira hacia el mar de luz amarilla, y el reino de Bután más allá. Luce súbitamente extenuado.

BUNTY

Aquí está.

LO que me encanta de los personajes de Jo es que son ricos; nunca son una sola cosa. Grindelwald es muy oscuro, pero, a diferencia de Voldemort, no es simplemente porque el amor esté ausente de su vida. Creo que siente una profunda tristeza porque Dumbledore, su gran amor, no se unió a él en su misión. De modo que sí, Grindelwald es malvado y oscuro y codicia el poder y no se detendría ante nada para lograr sus objetivos, pero, por debajo de eso, está lleno de un sentido de pérdida, de melancolía.

—DAVID HEYMAN

(Productor)

Newt se da la vuelta y ve a Bunty de pie junto al Qilin.

NEWT
Bien hecho, Bunty.

Bunty sacude la cabeza y sonríe.

NEWT (CONTINÚA)
Vamos, pequeña.

Newt abre la maleta para el Qilin.

BUNTY
Lo siento. Debo haberte asustado mucho.

Newt recoge al Qilin. Niega con la cabeza.

NEWT
No, creo que a veces se necesita perder
algo para darse cuenta de lo que vale.

Bunty observa la maleta de Newt mientras éste acuna al Qilin.
Ve la foto de Tina y sonríe con gentileza.

BUNTY
Y a veces, simplemente…

Vacila. Newt la observa.

BUNTY (CONTINÚA)
Simplemente lo sabes.

Bunty se da la vuelta y vuelve con los otros.

NEWT
Vamos, métete.

Mientras Newt mete al Qilin en la maleta, CORTE A:

Jacob, que mira a Dumbledore desde cierta distancia.

DUMBLEDORE
Señor Kowalski. Le debo una disculpa.

Jacob se da la vuelta y ve a Dumbledore.

DUMBLEDORE (CONTINÚA)
Nunca fue mi intención que sufriera
la maldición *Cruciatus.*

JACOB
Sí, pero recuperé a Queenie, así que
estamos a mano.
(una pausa)
¿Puedo preguntarle algo?

Jacob mira alrededor, luego se inclina hacia adelante y SUSURRA.

JACOB (CONTINÚA)
¿Puedo quedarme con ella? ¿Por los
viejos tiempos?

Dumbledore baja la mirada y ve la varita de madera de serpiente en la mano de Jacob; vuelve a levantar la mirada y examina a Jacob.

DUMBLEDORE
No puedo pensar en nadie que la
merezca más que usted.

JACOB
Gracias, profesor.

Jacob sonríe, feliz, y se mete la varita al bolsillo. Dumbledore lo ve avanzar hacia Queenie, y luego va con Newt.

Inspeccionando la orilla del abismo, Dumbledore saca de su bolsillo el pacto de sangre roto y se lo muestra a Newt.

DUMBLEDORE
Impresionante.

NEWT
Pero ¿cómo sucedió? Pensé que no
podían enfrentarse.

DUMBLEDORE

No lo hicimos. Él pretendía matar,
yo proteger. Nuestros hechizos se
encontraron.

Dumbledore sonríe con remordimiento.

DUMBLEDORE (CONTINÚA)

Digamos que fue suerte. Si no, ¿cómo
alcanzaríamos nuestro destino?

Newt lo observa con curiosidad, y Theseus se les une.

THESEUS

Albus. Prométemelo. Lo encontrarás
y lo detendrás.

Dumbledore asiente.

*Hacia el horizonte, el cielo amarillo comienza a DISOLVERSE,
y sigue un lento fundido en negro...*

96 EXT. LOWER EAST SIDE, NUEVA YORK, NOCHE

*... a una calle del Lower East Side, donde los ESCAPARATES
de la PANADERÍA DE KOWALSKI brillan con una luz cálida.*

MAQUETA DE LA PANADERÍA KOWALSKI

97 INT. PANADERÍA KOWALSKI, CONTINUO, NOCHE

La GENTE entra y sale de cuadro: tanto muggles como magos. Ahora el pastel de bodas de Jacob está en pie, con la novia y el novio reunidos en la cima.

> JACOB
> Albert, no olvides los *pierogi*.

> ALBERT
> Sí, señor K.

Jacob y Newt visten TRAJES FORMALES a juego, y Jacob está perdiendo la batalla con su corbata.

> JACOB
> Albert. No más de ocho minutos para
> las *kolaczki*.

> ALBERT
> Sí, señor K.

> JACOB
> *(a Newt)*
> Es un buen chico. No distingue entre
> *paszteciki* y *golabki*.

En ese momento, Queenie entra, con un HERMOSO VESTIDO DE ENCAJE.

QUEENIE

Cariño.

JACOB

¿Qué?

QUEENIE

Newt no sabe de qué hablas. Yo tampoco
sé de qué hablas. Y no deberías trabajar
hoy, ¿recuerdas?
      (mirando a Newt)
¿Estás bien, cariño?
      (a Newt)
Estás nervioso por el discurso.
Tranquilo.
      (a Jacob)
Díselo, cariño.

JACOB

No te pongas nervioso.

NEWT

No estoy nervioso.

JACOB

¿A qué huele? ¿Qué se está quemando?
¿Albert?

Jacob sale corriendo. Queenie pone los ojos en blanco.

QUEENIE
¿Tal vez estás nervioso por algo más?

NEWT
No tengo idea de qué hablas.

Queenie esboza una sonrisa cómplice y se aparta.

98 EXT. PANADERÍA KOWALSKI, MOMENTOS DESPUÉS, NOCHE

*Newt sale de debajo del toldo frontal y saca un pedazo de
PAPEL. Lo desdobla. Comienza a MURMURAR su discurso.*

NEWT
El día que conocí a Jacob... El día que
conocí a Jacob, estábamos en el Banco
Nacional de Steen. Yo nunca...

*Newt frunce el ceño y mira hacia arriba. Ve una FIGURA sentada en la parada de autobús al otro lado de la calle, bajo
la nieve.*

*Justo entonces, algo entra en la visión periférica de Newt, que
se da la vuelta, despacio, y ve a una MUJER que se acerca entre
la nieve. No necesita mirar dos veces. Él sabe.*

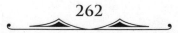

Tina.

> ### NEWT (CONTINÚA)
> ¿Supongo que eres la dama de honor?

> ### TINA
> ¿Supongo que eres el padrino?

> ### NEWT
> Te hiciste algo en el cabello.

> ### TINA
> No. Bueno, sí, sólo... Sólo para esta
> noche.

> ### NEWT
> Te queda bien.

> ### TINA
> Gracias, Newt.

Se miran, ya sin hablar, y luego...

... Lally y Theseus aparecen.

> ### THESEUS
> Hola.

NEWT

Miren quién...

THESEUS

¿Cómo estás?

NEWT

Te ves muy bien, Lally.

LALLY

Gracias, Newt. Te lo agradezco.
Buena suerte.

(a Tina)

Tina, vamos. Dime cómo está el
Magicongreso.

Entran a la panadería.

*Newt comienza a seguir a los demás al interior, y entonces se
detiene y mira hacia la calle. Pasa un momento, y luego:*

THESEUS

¿Y yo? ¿Cómo me veo? ¿Estás bien?

NEWT

Te ves bien.

THESEUS

¿Estás bien?

NEWT

Sí, estoy bien.

THESEUS

No estás nervioso, ¿no? Después
de salvar al mundo, un discurso no
te pondrá nervioso.

*Intercambian una mirada, y luego Newt mira hacia el otro lado
de la calle y ve a Dumbledore sentado en la parada de autobús.*

Newt cruza la calle nevada y se detiene ante la banca.

DUMBLEDORE

Es un día histórico. Es un antes y un
después. Los días históricos parecen
tan ordinarios mientras suceden.

NEWT

Tal vez así es cuando pasan cosas buenas
en el mundo.

DUMBLEDORE
Se siente bien saber que sucede de vez en
cuando.

Newt lo mira.

NEWT
No sabía si lo vería aquí.

DUMBLEDORE
Yo tampoco sabía si tú vendrías.

*Sus ojos coinciden, y luego Dumbledore aparta la mirada. La
puerta de la panadería se abre y Queenie aparece. Luminosa.*

QUEENIE
Oye, Newt. Jacob cree que perdió el
anillo. Por favor, dime que lo tienes.

*Newt se da la vuelta y Pickett sale de su bolsillo, sujetando
un ANILLO SENCILLO con un PEQUEÑO pero hermoso DIA-
MANTE.*

NEWT
No, todo está bien. Sí.

Ella sonríe y desaparece en el interior. Newt mira a Pickett.

NEWT (CONTINÚA)

Bien hecho, Pick.

(mirando a Dumbledore)

Tal vez debería...

Dumbledore no dice nada; sigue mirando a la distancia.

DUMBLEDORE

Gracias, Newt.

NEWT

¿Por qué?

DUMBLEDORE

Por elegir tu veneno.

Newt asiente.

DUMBLEDORE (CONTINÚA)

No podría haberlo hecho sin ti.

Newt sonríe un poco. Dumbledore sólo asiente. Newt comienza a marcharse, y se detiene.

NEWT

Por cierto, lo volvería a hacer. Si me lo pidiera.

Newt lo mira con curiosidad, luego se da la vuelta, camina de regreso a la panadería, y desaparece en el interior.

Mientras Newt cierra la puerta, una JOVEN con un VESTIDO CON ESTAMPADO DE ROSAS ROJAS entra a cuadro.

Confundida, mira a su alrededor en silenciosa alarma, y entonces ve la panadería.

Bunty.

Dumbledore la ve entrar a toda prisa.

Se queda sentado un momento más, mirando alrededor, y se levanta.

99 INT. PANADERÍA KOWALSKI, CONTINUO, NOCHE

Queenie da un paso al frente para reunirse con Jacob ante un MINISTRO MÁGICO. Queenie se da la vuelta y mira a Jacob; detrás, Newt y Tina, Lally, Theseus, Bunty y Albert están reunidos, mirando con emoción.

JACOB

Vaya, estás preciosa.

100 EXT. PANADERÍA KOWALSKI, CONTINUO, NOCHE

Dumbledore mira por la ventana y sonríe. Ajusta el cuello de su abrigo y comienza a marcharse, caminando a solas por la calle nevada hacia el horizonte ventoso.

MAQUETA DE LOWER EAST SIDE, NUEVA YORK

J. K. ROWLING es autora de la querida y popular saga de Harry Potter, conformada por siete libros que definieron una época, así como varias novelas para niños y adultos y la aclamada serie de ficción criminal Strike, escrita bajo el seudónimo de Robert Galbraith. Muchos de sus libros han sido adaptados al cine y a la televisión. Además, ha colaborado en la obra de teatro que continúa la historia del joven mago, *Harry Potter y el legado maldito*, y en una nueva serie de películas inspiradas en el libro que acompaña la saga de Harry Potter, *Animales fantásticos y dónde encontrarlos*.

STEVE KLOVES escribió los guiones para las siete películas de Harry Potter, basadas en los queridos libros de J. K. Rowling. También fue el productor de *Animales fantásticos y dónde encontrarlos* y *Animales fantásticos: Los crímenes de Grindelwald*. Más recientemente produjo *Mowgli: La leyenda de la selva*. Otros de sus créditos incluyen *Adiós a la inocencia*, *Loco fin de semana*, *Silencio de sangre* y *Los fabulosos Baker Boys*. También dirigió estas últimas dos películas.

TAMBIÉN DE J. K. ROWLING

Harry Potter y la piedra filosofal
Harry Potter y la cámara secreta
Harry Potter y el prisionero de Azkaban
Harry Potter y el cáliz de fuego
Harry Potter y la Orden del Fénix
Harry Potter y el príncipe mestizo
Harry Potter y las Reliquias de la Muerte

Animales fantásticos y dónde encontrarlos
Quidditch a través de los tiempos
(publicado con apoyo de Comic Relief y Lumos)

Los cuentos de Beedle el bardo
(publicado con apoyo de Lumos)

Harry Potter y el legado maldito
(basada en la historia original de J. K. Rowling, John Tiffany
y Jack Thorne. Una obra de Jack Thorne).

Animales fantásticos y dónde encontrarlos (el guión original)
Animales fantásticos: Los crímenes de Grindelwald (el guión original)

El Ickabog
El cerdito de Navidad

Agradecimientos especiales al elenco, al equipo de producción y al equipo creativo de *Animales fantásticos: Los secretos de Dumbledore*, cuyo trabajo se incluye en los comentarios, maquetas de producción, bocetos y diseños gráficos contenidos en este libro.

Este libro fue diseñado por Paul Kepple y Alex Bruce en Headcase Design. El texto utiliza tipografía ITC Stone Serif, diseñada por Summer Stone.

Los secretos de Dumbledore de J. K. Rowling y Steve Kloves
se terminó de imprimir en julio de 2022
en los talleres de
Litográfica Ingramex, S.A. de C.V.
Centeno 162-1, Col. Granjas Esmeralda, C.P. 09810
Ciudad de México.